文学のピースウォーク

金色の流れの中で

中村真里子 作

新日本出版社

金色の流れの中で／目次

装画および挿画　今日マチ子

日本児童文学者協会創立70周年記念出版

「あそこのとこだけ川の色がちがう」

橋をわたるとき、木綿子《ゆうこ》が川を見下ろして立ち止まると、母さんは、らんかんの方をちらりと見たなりで「深さがちがうからよ」と言った。

「ううん、そうじゃない……」

「さっさと来なさい。そんなにぐずぐずするんじゃ、つれて来るんじゃなかったよ」


あれは、一年生か二年生のときだった。人に頼《たの》まれて洋服を作る仕事をしている母さんが、町の手芸用品屋にボタンやファスナーを買いに行くのに、木綿子はついていったのだった。

手芸用品屋には、アメみたいなのや宝石《ほうせき》みたいなのや、さまざまなボタンの箱が壁《かべ》一面に並《なら》んでいて、見るだけでも楽しい。白い厚紙《あつがみ》のボタンの箱に、中に入っているボタンの見本が大きさの順に縫《ぬ》いつけてあるのだ。

木綿子の家は、市内で一番大きな川の近くにあった。木綿子の家の方から川をわたると、そこは「町」になる。町の建物の向こうには青くかすんだ山が広がり、そのまた向こうには、すっきりと稜線《りょうせん》をきわだたせて富士山《ふじさん》が見えた。

駅も、デパートも、おもちゃ屋も、鉄筋《てっきん》コンクリートでできた四角い建物は全《すべ》て町にあった。川の向こうは小学校の校区もちがって、そのころの木綿子《ゆうこ》はひとりで川をわたってはいけないと言われていた。

母さんの言うように、川が深さによって水の色を変えるというのはわかる。透《す》き通って川底が見えていたのが、だんだんぼんやりした緑一色になっていくあたりを見ると、ああ、あのへんから深くなっているんだ、と思う。でも、この日の川はちがった。川の中で金色の反物《たんもの》をさらしているかのように、何か別のものが流れていると思うほどだったのだ。

「あっ」

木綿子は、小さく声をあげた。

その金色の流れの中に、たしかに大きな魚影《ぎょえい》が見えたのだ。それは、小舟《こぶね》ほどにも大きかった。

「木綿子！」

先を歩いていた母さんが、ふりむいてとんがった声を出した。

走って母さんに追いついて、木綿子は言った。

「魚がいたよ！」

「ボラでしょう」

母さんは、ずんずん歩きながら言った。川の方は見なかった。

母さんが今縫《ぬ》っているスーツは、今夜とりに来るはずだ。縫いにくい生地《きじ》だ、と母さんはぶつぶつ言っていた。二枚《まい》合わせてミシンをかけると、上の生地が少しずつすべってしまうのだそうだ。その縫いにくい生地のスーツがあと少しでできる。上着の前と袖口《そでぐち》のボタンをつけたら終わりなのだ。もちろん、その前にきれいなボタン穴《あな》を作らなくてはならない。ぐずぐずしているひまはない。

ボラじゃない……

木綿子《ゆうこ》はそう言おうとしたけれど、縫いにくい生地のことを思い出してだまっていた。

川の中に魚を見つけることはときどきある。ボラという大きな魚がいるらしいということも、だれかに聞いた。でも、さっきのは絶対《ぜったい》にボラじゃない。あれは、鯉《こい》のぼりみたいに大きかった。

そんな魚がこの川にいるのかどうか、木綿子にはわからない。わからない、わからない、と思いながら何日かたつうちに、あの金色の流れとそこにひそむ大きな魚を本当に見たのか、それとも夢《ゆめ》だったのか、自分でもわからなくなってしまった。

一九六四

◆NHKで「ひょっこりひょうたん島」放送開始
◆東海道新幹線《しんかんせん》開業
◆第十八回オリンピック東京大会開催《かいさい》

橋の下の子

橋の下には変な人がいて、子どもに悪いことをするから行ってはだめだ。母さんは、木綿子《ゆうこ》にそう言った。

いつのころからか、橋の下にむしろをかけた小屋のようなものができたのだ。そこには、頭のおかしい人がいて、風呂《ふろ》にも入らないから不潔《ふけつ》で真っ黒で、さわられただけでも病気になる、と、これは絹子《きぬこ》姉ちゃんから言われた。

絹子姉ちゃんは、おそろしいほどきれい好きだ。

「デパートのエスカレーターの手すりとか、駅の階段《かいだん》の手すりとか、だれがさわったかわからないんだから、絶対《ぜったい》つかんじゃだめ」

絹子《きぬこ》姉ちゃんがそう言うので、木綿子《ゆうこ》はこれまで町の中にある「手すり」というものにつかまったことがない。

木綿子にはふたりの姉がいる。絹子姉ちゃんと麻子《あさこ》姉ちゃんだ。絹子姉ちゃんは高校三年生で、もうほとんど大人だから、そのことばは母さんと同じくらい重みがある。

「バアヤのお菓子《かし》は、バイ菌《きん》がいっぱいついてるから、絶対食べちゃだめ」

これも、絹子姉ちゃんに言われた。「バアヤ」というのは、近所にある駄菓子《だがし》と雑貨《ざっか》の店だ。きっとちゃんとした名前があるにちがいないのだけれど(山田屋《やまだ》とか鈴木《すずき》商店とか)、いつ行ってもしわしわのおばあさんがいるので、子どもたちは「バアヤ」(ばあ屋)と呼《よ》んでいる。お店屋さんというより、家の玄関《げんかん》の土間に台を置いて、お菓子やメンコの入った箱を並《なら》べているという感じだ。

色とりどりの変わり玉や、ひもの先についたピンクのアメなど、心をそそるものはたくさんある。それでも、木綿子は、バアヤで食べ物を買ったことがない。友だちにつきあって行くことはあっても、そこで買うのはリリヤンとかお絵かき帳に限《かぎ》られている。

麻子姉ちゃんは中学三年生。小学生だったころは、自転車の後ろに乗せてもらったり、いっしょに人形遊びをしたこともあったけれど(本気でけんかすることもあったけれど)、もうそんなことをしなくなって久《ひさ》しい。絹子《きぬこ》姉ちゃんより年が近いこともあって、木綿子《ゆうこ》には今も身近な存在《そんざい》にはちがいないにしても、中学生と小学生の間には、やっぱり何かの線が引いてあるようだ。バス賃《ちん》だって、大人料金になってしまうのだし。

そして、木綿子にとって運の悪いことには、絹子姉ちゃんも麻子《あさこ》姉ちゃんも、たいへんな優《ゆう》等生《とうせい》なのだった。

ふたりとも、小学校で児童会長、中学で生徒会長、絹子姉ちゃんは、今高校でも生徒会長をやっている。

木綿子自身は、学級委員だってやったことがない。お姉ちゃんたちを覚えている先生は、木綿子を見て、はじめは「菱田《ひしだ》の妹か！」とうれしそうにするけれど、だんだんがっかりした顔になって、やがてあきらめたように首をふる。

木綿子だって、劣等生《れっとうせい》というわけじゃない。普通《ふつう》の成績《せいせき》の、普通の生徒というだけだ。でも、お姉ちゃんたちとくらべると、それは「できんぼ」ってことらしい。

先生たちの期待に満ちた顔がだんだん「普通の顔」になるのを見ても、木綿子自身は、ああやっぱり、まあしょうがないなあ、と思ってしまう。母さんは、それが気に入らないようなのだ。

「この子には、がんばろうっていう覇気《はき》がないのよ。どうしてお姉ちゃんたちみたいにできないの」

どうしてって。あたしはお姉ちゃんじゃないんだもん。

木綿子《ゆうこ》は思う。思うだけじゃなく、母さんにそう言ってみたこともある。でも、母さんは「屁理屈《へりくつ》だけはたっしゃなんだから」と、よけい機嫌《きげん》をそこねてしまった。

木綿子は、小学三年生から、ひとりで図書館へ行ってもいいことになった。それまでは、母さんかおばあちゃんがひまなときにいっしょに行くしかなかったので、これは本当にうれしかった。木綿子は本を読むのは好きだ。

図書館は、川の土手のすぐわきにある。木綿子の家から少し上流に向かって、二つ目の橋のたもとだ。土曜日は学校が半ドンだから、帰って来てからお昼を食べて、それから図書館へ行く。毎週行く。

それだから、児童室の司書さんとは顔なじみになった。四年生になってからは、月一回開かれる子ども読書会にもさそわれた。これがなかったら手にとることもしなかったような本がテーマになることもあり、そういう本も読んでみるとおもしろかった。ほかの小学校から来る子たちもいて、読書会の時間は、木綿子《ゆうこ》自身もちょっと「校区外」みたいな特別な自分になるようで楽しい。六年生になった今は、ときどき頼《たの》まれて司会をやったり、新しく来た子の世話をやいたりもする。

木綿子の家の食事は、全部おばあちゃんが作る。母さんは洋裁《ようさい》の仕事で忙《いそが》しいからだ。おばあちゃんは母さんの母さんで、料理は実はあまり得意ではないらしい。

「おばあちゃんの作るカレーはどろどろの壁土《かべつち》みたいだ」と、いつだったか父さんが言っていた。だから、おばあちゃんがフライパンで小麦粉とカレー粉をいためているのを見ると、木綿子は、壁ぬりの準備《じゅんび》だ、と思ってしまう。でも、木綿子はおばあちゃんのカレーはきらいではない。苦手な肉とにんじんが入らないようによそえば、だけれど。

そんなおばあちゃんが用意する土曜の昼ご飯は、インスタントラーメンのことが多かった。めんとスープの粉をどんぶりに入れて（ラーメンのどんぶりではなく、玉子丼《たまごどん》なんかのときのどんぶりだ）お湯をそそいでふたをして、しばらく待ってから食べる。木綿子はこれもけっこう好きだった。

川はいつも木綿子の近くにある。小学校も川のそばだし、前に飼《か》っていた犬、雑種犬《ざっしゅけん》のゴロを散歩に連れて行くのも河原《かわら》だった。ゴロがジステンパーで死んだときは、河原の橋の近くに埋《う》めた。今では草がしげってしまって、どこだったかわからない。

図書館は、御幸橋《みゆきばし》という、両側に歩道のついた大きな橋のたもとにあった。そこから少し川下に、神代橋《じんだいばし》がある。この橋は古いコンクリートでできていて、歩道はない。木綿子《ゆうこ》の家に近いのはこっちの方だ。そして、「変な人」のむしろ小屋があるのも、この橋の下だった。

図書館から土手を歩いて帰って来るとき、橋の下に「変な人」が見えることがある。絹子《きぬこ》姉ちゃんの言うように「不潔《ふけつ》で真っ黒」かどうかはわからないけれど（わかるほど近づきたくもないけれど）、えりあしにかかるほど伸《の》びた髪《かみ》を、ひとつにくくっているのはわかった。

男の人は、父さんみたいに短い髪をポマードでしっかりなでつけているものだ、と木綿子は思っていた。髪のことだけでも、橋の下の人はやっぱり変な人なんだろう。なにしろ「不良の頭をしてる」と言われるビートルズより長い髪なのだ。

「橋の下」といえば、木綿子は小さいころ絹子姉ちゃんに「あんたは橋の下から拾ってきた子なんだよ」と言われたことがある。あのころは本気にしてわんわん泣いたものだけれど、冗《じょう》談《だん》だとわかった今になっても、あたしはやっぱり神代橋の下から拾われてきたのかもしれない、と木綿子は思うことがある。

あたしは橋の下から拾われてきた子だから、絹子《きぬこ》姉ちゃんや麻子《あさこ》姉ちゃんみたいに優等生《ゆうとうせい》にはなれないんだ。

土手を通るたび橋の下に目を向けてしまうのは、どこかで自分を「橋の下の子」だと思っているからかもしれない。

涙《なみだ》も出なかった。

木綿子《ゆうこ》は、河原《かわら》の石にこしかけて、手の中のしおれたカーネーションを見つめる。

一本だけの、赤いカーネーション。

今日は母の日だ。去年までは、母の日には学校で造花《ぞうか》のカーネーションを配っていた。

「赤いカーネーションはお母さんのいる子、白いカーネーションはお母さんのいない子ですよ」

先生はそう言った。木綿子のクラスでは、去年、白いカーネーションをもらう子がふたりいた。あの子たちのうちにはお母さんがいないんだな、と木綿子は思った。

そんなふうに、目に見える区別をすることが問題になったのかもしれない。木綿子にはそのあたりの事情《じじょう》はわからないけれど、今年からカーネーションの造花は配られないことになった。

だから、木綿子は、今年は花屋でカーネーションを買ったのだ。でも、そのカーネーションをさしだしたとき、母さんは怒《おこ》った。

「私《わたし》は、こんなことしてほしかないのよ！」

木綿子《ゆうこ》の頭は真っ白になった。母さんは喜んでくれると思った。毎年造花《ぞうか》のカーネーションを「ありがとう」と受け取っていた母さんだもの。それなのに、母さんはきつい目をして、きついことばで木綿子を怒った。

きっと、お姉ちゃんたちがしないからだ。優等生《ゆうとうせい》のお姉ちゃんたちもしないようなことを、普通《ふつう》の子の、ただの妹の木綿子がやっちゃいけないんだ。勝手に生意気なことをして。

木綿子は何も言えなくなって、一本のカーネーションを握《にぎ》りしめたまま後ずさりして、少しずつ部屋から出た。

最初から川へ行こうと思っていたわけじゃなかった。何も考えず、ただ歩いていたら、いつのまにか土手に上がる階段《かいだん》をのぼっていた。

土手をどんどん下流へ歩いて行くと、海に出る。海まで行こうか。海まで行ったら、その先はどこへ行こう。

ああ、でも、最後はやっぱり家に帰るんだろうな。

そう思ったら、海まで歩く気力がなくなった。こんなふうに根気がないから、勉強もできないんだろうか。

木綿子《ゆうこ》は、土手を川の方へおりて、河原《かわら》へ出た。草の間で花がゆれている。タンポポ、ホトケノザ、ハルジオン、ナズナ。カーネーションじゃなくたって、花はいつだって咲《さ》いているのだった。

木綿子は水のある景色が好きだ。流れる水も、溜《た》まっている水も、どっちもいい。水をはった田んぼもいい。川も、海も、池も好きだ。

河原の石は、日ざしで暖《あたた》まって、固いけれどすわると気持ちがよかった。

川のさざ波にも日があたって、ダイヤモンドの粒《つぶ》をまいたようにきらきらと光って（もちろん、ダイヤモンドを見たことはないけれど）とてもきれいだ。

でも、川の水が「きれい」じゃないってことはわかっている。何年か前、となりの町内のおばさんが、この川で漬《つ》け物のたるを洗《あら》っていて指にとげを刺《さ》し、そこから破《は》傷風菌《しょうふうきん》が入って死んだから、川の水には絶対《ぜったい》さわるな、と、これは（やっぱり）絹子《きぬこ》姉ちゃんから言われている。

いつか、川でネズミをおぼれさせている人がいた。針金《はりがね》でできたネズミとりを何度も水につけて、ときどき持ち上げてはネズミが動いているとまた水の中に沈《しず》める。そうして死なせたネズミを、その人はそのまま川に流してしまった。

ネズミだけじゃない、きっと魚やなにか、川に住んでいるものだって死ぬんだろうから、川の水に色々なものが混《ま》じっているのは、これはもうまちがいないだろう。

きれいだけれど触《ふ》れられない、そんな水辺で、木綿子《ゆうこ》は手の中でぐったりしていくカーネーションをもてあましていた。

切り花なんか買って、かわいそうなことをした。少しずつしおれていくに決まっているのに。かんしゃくを起こすとえんぴつを折るくせのある麻子《あさこ》姉ちゃんだったら、きっと、こんなさびしいカーネーションなんか、どこかに捨《す》ててしまっていただろう。木綿子はといえば、どんなものでもなかなか思い切って捨《す》てることができない。まして、これは木綿子がお金を払《はら》って買ったカーネーションなのだ。

でも、持っているのもつらいなあ。

顔を上げて対岸を見る。春の空気は、富士山《ふじさん》をぼんやりかすませている。

向こうの町の側には、こういう草の生えた河原《かわら》はなく、水面からいきなりコンクリートの堤《てい》防《ぼう》が立ち上がっていて、その上に並《なら》ぶ建物の裏側《うらがわ》がこっちを向いている。建物の玄関《げんかん》は、向こう側の通りに面しているからだ。川は、対岸に向かうほど深くなっている。

「向こうの土地は高いから、水がつかなくていいわねえ」

前に、母さんが言っていた。対岸の方がこちら側より地面の位置が高いのだ。だから、こちら側から橋をわたるときは坂をのぼらなくてはならない。

毎年台風の季節になって大雨がふると、木綿子《ゆうこ》の家の前の道は水没《すいぼつ》した。そこを車が通ったりすると、玄関《げんかん》の中まで水が寄《よ》せてきて、土間に置いたくつが浮《う》かびだす。何よりいやなのは、汲《く》み取りトイレの便槽《べんそう》に雨水が入っていっぱいになってしまうことだった。

ふと、川のおもてに強い光が射《さ》したような気がした。

水が、金色に光っている。

木綿子は立ち上がった。

これ、前にも見たことがある……？

不意に、近くで水音がした。ふりむくと、髪《かみ》をうしろでしばった男の人が、川にかけこんでいくところだった。

「橋の下の変な人」だ！

逃《に》げなきゃ、と思いながら、木綿子《ゆうこ》は体がすくんでしまった。あの人、破傷風菌《はしょうふうきん》のいる、死んだネズミや魚やなにかのいる、川の中に入っていく……。

男の人は、木綿子には目もくれず、走り込《こ》んだ水の中で、金色の流れに手を伸《の》ばした。

あの人……。

木綿子は「橋の下の変な人」から目がはなせなくなった。

あの人、金色の水にさわろうとしている。

さわってどうするの？　何がしたいの？

「橋の下の変な人」は、腰《こし》のあたりまで水につかって、平手で水面をたたくようにした。金色の水をつかもうとするように。

水面がくだけて、金色が散った。水が金色なのか、日の光を受けてただの川の水が光っているのかわからなくなった。

「橋の下の変な人」は、川をなぐりつけるように腕《うで》をふりまわし、うなるような声をあげた。

その声は、なんだか悲しくひびいた。

流れていた金色の帯はもう見えない。

そうだ。たしかに金色の流れがあった。いつかも見た。あたしが考えただけじゃなくて、あのときも本当に見たんだ。

「橋の下の変な人」は、両方のこぶしを握《にぎ》りしめて、しばらく腰《こし》までの水の中に立ちつくしていた。それからゆっくりと岸の方を向いて、そこで木綿子《ゆうこ》と目が合った。

逃《に》げなきゃ。今度こそ。でないと母さんにしかられる。

でも、カーネーションをあげたって、喜んでもらおうとしたって、母さんはあたしをしかったんだった……。

何をしたって、しなくたって、しかられる。

そう思ってしまったから、そしてふっと「橋の下から拾ってきた子」ということばが頭に浮《う》かんでしまったから、木綿子は逃げられなくなってしまったのかもしれない。

「見たか」

その人が言った。木綿子に話しかけていた。

「時の流れを見たか」

時の流れ？

木綿子は、何も言えずに「橋の下の変な人」を見つめた。

荷造《にづく》りするときのひもみたいなもので、伸《の》びた髪《かみ》をくくっている。ひげも伸びてはいるけれど、ぼうぼうというほどではない。服はもちろん新しくはないけれど、絹子《きぬこ》姉ちゃんが言うように真っ黒ではなく、洗濯《せんたく》はしてあるようだった。

思っていたより若《わか》い人だ。父さんよりずっと若い。そして、悪い人のようには見えない。

「時の流れを見たか」

「橋の下の変な人」が、一歩木綿子《ゆうこ》に近づいた。ズボンから水がしたたり落ちている。ぬれたところは濃《こ》い色になって、足にはりついていた。

木綿子は首をふった。

「金色に、光って」

そう言うと、その人はふっと力がぬけたように、石の上にすわりこんで両手で顔をおおった。

「……金色に？」

木綿子は、おそるおそる声を出した。

あの、金色の流れのことだろうか。

「金色の水のこと？」

「橋の下の変な人」は、顔を上げた。

「見たのか」

木綿子《ゆうこ》はうなずいた。「橋の下の変な人」も、うなずいた。さっきまでのような興奮《こうふん》した様子ではなかった。今はなんだか悲しげで、さびしそうで、ますます子どもに悪いことをする人のようではなかった。

「時の流れ……って？」

木綿子は聞いてみた。「時が流れる」という表現《ひょうげん》なら知っている。木綿子が読むような本の中にも出てくることばだ。でも、「時」というのは、流れるにしても川の水といっしょに下流へ行くような、そういうものではないような気がする。

「橋の下の変な人」は、言った。

「あの金色の流れは……『時』なんだ。少なくとも、時空に関係しているはずなんだ。そうとしか思えない」

ジクウ。木綿子は目をぱちぱちさせた。その表情《ひょうじょう》の何かがおもしろかったのかもしれない。「橋の下の変な人」の顔が、ちょっとゆるんだ。

「何年生だ」

自分が質問《しつもん》されたことがわからなくて、木綿子は一瞬《いっしゅん》とまどった。

「小学生だろ、何年なの」

「六年」

「六年生か」

「橋の下の変な人」は、何か考えるように川の方を見た。川はいつもの緑色で、何事もなかったように流れている。

「六年生だと、時間のことはどのくらいわかるんだっけなあ」

「時計の見方だったら、一年生でやる」

木綿子《ゆうこ》は言ってみた。「橋の下の変な人」の顔が、またぴくりとゆるんだ。もしかしたら、笑っているのかもしれない。

「ごめん。僕《ぼく》にだって、うまく説明できない。それに、あの流れが僕だけに見える、僕の想像《そうぞう》したまぼろしじゃないってことがわかったから、それだけでもいい。それなら、まだ希望はある」

ああ。

木綿子は、この人の気持ちがほんの少しわかるような気がした。

あたしだって、あの金色の流れのこと、自分の頭で作っただけなのかもしれないって思ってた。「また木綿子《ゆうこ》はきどってそんなこと言って」って言われるようなことかもしれないって、自分でも思い込《こ》んでた。そして、忘《わす》れかけてた。

自分がまちがってなかった、ってわかることは「希望」っていうのに似《に》てるのかな。

「でも」

木綿子は言った。

「でも、なぜ川ん中に入ったの？　あの金色の水にさわろうとして？　さわるとどうなるの？　なぜ……」

まだ水は冷たかっただろう。木綿子は、「橋の下の変な人」のぬれたズボンを見た。シャツの袖《そで》からも水がしたたっている。

「かぜ、ひくよ。着替《きが》え……」

着替えなんて、持ってないのかもしれない。

「破傷風《はしょうふう》になるかもしれないよ」

「橋の下の変な人」は、今度は本当にはっきりと笑顔《えがお》になった。

「むずかしい病気を知ってるんだな。うん。でも、心配ありがとう」

木綿子は、なんだかびっくりした。橋の下のむしろ小屋に住んでいる人に「ありがとう」なんて言われるとは思っていなかったのだ。

「あの流れがたしかに『ある』ってことはわかった。また待つさ」

たしかに「ある」。それが、あの金色の流れ、「時の流れ」のことなのだろう。この人はそれを待つという。待ってどうするんだろう。「時の流れ」っていうからには、あそこを時間が流れているんだろうか。

木綿子《ゆうこ》の頭の中に、金色の帯の中を浮《う》き沈《しず》みしながら流れていく「1」だの「3」だの、長い針《はり》だの短い針だのが見えた。

ちがう、ちがう。そんなことじゃない。そんなことってない。

「あのね」

木綿子は声を出してしまって、それから困《こま》って「橋の下の変な人」を見つめた。

何を言えばいいかわからない。

「……これ、いらない？」

思いあまってくたびれたカーネーションをさしだすと、「橋の下の変な人」は、断《ことわ》ろうとするかのように木綿子を見、それからふっと優《やさ》しい顔になって、手のひらを上に向けた。

「うん。もらうよ」

そして、雨の日の犬みたいにちょっと足をふって水のしずくをふりとばし、橋の方を向いた。立ち去りかけて、木綿子《ゆうこ》をふりかえった。

「なんていうんだ？」

「え？」

「名前。なんて名前だ」

「……菱田《ひしだ》木綿子」

「橋の下の変な人」は、うなずいた。

「僕《ぼく》は、立原和也《たちはらかずや》」

そして、向き直ると、もうふりかえらないで歩いて行った。

木綿子は、水をぽとぽと落としながら歩いて行く「橋の下の変な人」、立原和也さんを見送った。片手《かたて》にカーネーションの赤がゆれていた。

たしかに変な人かもしれない。でも、きっと悪い人じゃない。木綿子は、赤い色を見つめながらそう思った。

次の日、木綿子はなんとなく気になって神代橋《じんだいばし》のそばまで行ってみた。和也さんの姿《すがた》は見えなかったけれど、むしろ小屋の外に、何かきらっと光るものがあった。水の入った牛乳《ぎゅうにゅう》びんに日光があたっていたのだ。びんの中にはカーネーションがさしてあった。

木綿子《ゆうこ》は、土手の上からしばらくカーネーションを見つめて、それから帰って来たのだった。

川のそばの家

木綿子《ゆうこ》の家は、六人家族だ。

両親と二人の姉とおばあちゃん。そして木綿子。

母さんとおばあちゃんは、ここ静岡県《しずおかけん》に来るまでは名古屋《なごや》に住んでいたのだそうだ。戦争中に疎開《そかい》してきたこの土地で、母さんと父さんは結婚《けっこん》することになった。

父さんの田舎《いなか》は、富士山《ふじさん》の裾野《すその》のお茶農家だ。お茶をつくるほかに、ブタとニワトリもいる。昔は牛も馬もいたという。

子どもだった父さんが、いたずら心で馬にまたがってみたら、馬がいきなり走り出したことがあったそうだ。父さんは必死になって馬の首っ玉にしがみついていたけれど、馬は村をひとまわり走ったら、何食わぬ顔でさっさと馬小屋に戻《もど》ったそうだ。半泣きになって馬からおりた父さんに、馬は笑ったような顔をしたという。

「馬は賢《かしこ》いんだよ。父さんはまだ子どもだったから、からかわれたんだなあ」と、父さんが言った。

父さんの田舎《いなか》に行くことはときどきあったけれど、名古屋《なごや》に行ったことはない。名古屋には、母さんの親戚《しんせき》はだれもいないのだそうだ。

それでも、母さんはいつも名古屋をなつかしがっている。母さんが、今でも本当にいたいところは、生まれ育った名古屋なのかもしれない。

「うちは、名古屋の街中にあって、市役所も県庁《けんちょう》も歩いて行けた。名古屋のあのあたりじゃ、戦前からトイレは水洗《すいせん》だったし、私《わたし》のお父さんは新しいものが好きだったから、壁《かべ》にベッドを造《つく》りつけて、自分はそこで寝《ね》てたもんよ」

その家は、戦争中に建物疎開《そかい》でこわされた。空襲《くうしゅう》で火事が起きたときに、火が燃《も》え広がるのを防《ふせ》ぐための空き地を作ることになったのだ。重要な施設《しせつ》が燃《も》えないよう守るためだったそうだ。

家をこわすとき、家具や布団《ふとん》や、全《すべ》てを持ち出すことなんかできなかっただろう。母さんは、大切にしていたひな人形の、内裏《だいり》びなだけは、と持ち出したつもりだったのに、男《お》びなとまちがえて右大臣を持ってきてしまった。今でも木綿子《ゆうこ》の家では、絹子《きぬこ》姉ちゃんのおひなさま（三人の娘《むすめ》みんなのおひなさまだ、と父さんと母さんは言うけれど）といっしょに、白い頭の右大臣と古びた女《め》びなが飾《かざ》られる。

母さんの家族は、建物疎開《そかい》をきっかけに名古屋《なごや》をはなれたのだった。お父さんとお母さん（今いっしょに住んでいるおばあちゃん）、それから母さんの妹。この妹、かな子おばちゃんは、今は結婚《けっこん》して大阪《おおさか》に住んでいる。

母さんは名古屋で仕事をしていたので、残ってひとりでお寺に下宿することになったのだそうだ。

母さんのお父さん、木綿子《ゆうこ》のおじいちゃんは、疎開先《そかいさき》で病気になって亡《な》くなった。「キトク」の電報《でんぽう》をもらってすぐに疎開先へ行ったのに、母さんが着いたときは三日も前にお葬式《そうしき》が終わっていたのだそうだ。ついでに、戦争も終わっていた。おじいちゃんの命日は、昭和二十年八月十三日なのだ。電報も、汽車も、あのころはあてにならなかった、と母さんは言った。

「名古屋の家は、地面はうちのものじゃなくて、百年契約《けいやく》で地主さんに借りていたから、建物疎開でこわされて、その後一面空襲《くうしゅう》で焼け野原になっちゃってからは、もうどこがなにやら、あとかたもなくなっちゃったのさ。名古屋に私《わたし》の帰るところはもうないの」

百年契約？

その話を聞いたとき、木綿子はまずそれにびっくりした。百年っていったら、ものすごく長いじゃないか。

契約《けいやく》の百年が終わる前に、戦争が何もかも終わりにしたのだけれど。

ずっと同じところに住んでいる木綿子《ゆうこ》には、名古屋《なごや》をなつかしむ母さんの気持ちが本当にはわからない。木綿子が帰るのはこの家だけなのだ。

今の家が建つときのことを、木綿子はおぼろげながら覚えている。家の骨組《ほねぐ》みになる木の柱が地面に立っていたこと。細い青竹を組んで、そこによくこねた泥《どろ》（おばあちゃんのカレーみたいな）と刻《きざ》んだわらを混《ま》ぜて壁《かべ》をぬっていたこと。家の中に穴《あな》が掘《ほ》ってあって、そこに入ってみたこと。父さんは、そこは便所になるんだ、と言って笑った。

あのころは、今は庭になっている場所にバラックを建てて、六人でそこに住んでいた。戦後家をなくした人たちは、ありあわせの材料で小屋を造《つく》ったのだ。そういう小屋を「バラック」と言うらしい。絹子《きぬこ》姉ちゃんも、麻子《あさこ》姉ちゃんも、そして木綿子もそこで生まれた。

そのバラックを造っていたトタンや材木は、今は庭のかたすみの物置に生まれかわっている。何もないところから自分の持ち家を建てたので、この家は父さんの自慢《じまん》なのだ。でも、平屋で、部屋は三つしかなく、家族六人には少し狭《せま》くなってきた。建ったばかりのころからみると、子どもたちが大きくなったのだ。

大きくなったというのは文字通り本当で、絹子《きぬこ》姉ちゃんも麻子《あさこ》姉ちゃんも背《せ》が高い。学校で背の順に並ぶと、いつも一番後ろなのだ。男子だって、お姉ちゃんたちより大きい子は何人もいない。なんでも「大きいのがいい」と思っている父さんは、ふたりが大きいのが自分の手柄《てがら》のように得意らしい。

戦争のときの日本では、一定の年齢《ねんれい》になった男子は徴兵検査《ちょうへいけんさ》を受ける義務《ぎむ》があったそうだ。身長や体重を測《はか》り、病気がないかをしらべて、兵隊に適《てき》しているかどうかを見る。そこで兵隊として合格《ごうかく》しても、その合格には種類があるのだ。

父さんは「甲種合格《こうしゅごうかく》」だったのだそうだ。それは、体格《たいかく》がよくて体が強いという一番上の合格で、だから絹子姉ちゃんも麻子姉ちゃんも、自分に似《に》て大きいのだと父さんは思っている。

「それにひきかえ木綿子《ゆうこ》はチビだ」

父さんは、いつも言う。

「木綿子は好き嫌《きら》いばっかりして食べないから、そんなにチビでやせっぽちなんだ」

木綿子だって、別にチビというわけではない。並《なら》び順《じゅん》だとまん中あたりだ。成績《せいせき》と同じで一番ではないけれど、まあまあなのだ。

そりゃ、たしかに好き嫌いは多い。給食の時間は地獄《じごく》だと思う。

その好き嫌《きら》いの中で、父さんが一番理解《りかい》できないのは、木綿子《ゆうこ》が刺身《さしみ》が嫌いなことだ。父さん自身は刺身が大好物で、一番のごちそうだと思っている。

「なぜだ。海が近くて新鮮《しんせん》な魚が手に入るところに住んでいて、刺身が嫌いだなんて」

父さんは、刺身が食卓《しょくたく》に並《なら》ぶたび、いつも木綿子にそう言う。父さんにしたら、とれたての海の魚を刺身にして出すなんて、山で育った自分の子どものころには絶対《ぜったい》できなかったぜいたくなのだ。

あたしがお刺身嫌いなこと、覚えてくれてないのかな、と木綿子は思うけれど、口に出してそうは言えない。刺身が出るたび、父さんは木綿子に食べろといい、木綿子は首を横にふらなければならない。

「こんなにおいしいのに、なぜ食べない。食わず嫌いなんだろう。おいしいんだから食べなさい。食べないなら理由を言いなさい」

だって、あたしにはおいしいと思えない。

父さんは「刺身はおいしいに決まってる」と言う。

父さんがおいしいと思うものと、あたしがおいしいと思うもの、ちがっていたらおかしいのかな。おいしいと思えないあたしがまちがってるのかな。

でも、だんだんまぶたの裏《うら》に涙《なみだ》がたまってきて、木綿子《ゆうこ》は何も言えなくなる。

食事はいつも、台所のとなりの四畳半《よじょうはん》で食べた。夕食が終わると、ちゃぶ台の脚《あし》をたたんでかたづけ、絹子《きぬこ》姉ちゃんとおばあちゃんが寝《ね》る部屋になる。かたすみには小さい机《つくえ》があって、絹子姉ちゃんはそこで勉強した。

木綿子と麻子《あさこ》姉ちゃん、それに父さんと母さんが寝るのは六畳《じょう》の部屋だ。木綿子は自分だけの部屋がほしいなあと思うけれど、同級生の中にも個室《こしつ》を持っている子はあまりいない。

テレビで見るアメリカのドラマに出てくる家はとてもきれいで、とても広い。ご飯のテーブルをかたづけたりしなくても、十分家族の場所があるようだ。子どもたちも、机やベッドのある自分の部屋を持っている。

「いい家に住んでるんだなあ。日本は負けるわけだ」

いつだったか、父さんがそんなことをつぶやいた。「ルーシー・ショー」か、「サンセット77」か、何かそういうドラマを見ていたときだ。

父さんは農家の三男坊《さんなんぼう》で、小学校しか出ていない。卒業してすぐ、畑仕事をするようになったのだ。本当は上の学校に行きたかった父さんは、こっそり勉強して海軍の学校を受験し、合《ごう》格《かく》した。「甲種合格《こうしゅごうかく》」だった父さんは、自分から立派《りっぱ》な水兵になろうとしたのだ。

毎年四月に学校に出す家庭調査票《ちょうさひょう》に、親の学歴を書くところがある。父さんと母さんの、最後に卒業した学校を書くのだ。父さんはそこに「海軍経理《けいり》学校」と書く。小学校のあと高等女学校に進学し、そのあと洋裁《ようさい》学校にも行った町育ちの母さんは、父さんの前では、絶対《ぜったい》にそのころ習った英語だの、クラシック音楽だののことを言わない。

川が見ていたもの

夕飯のとき、お姉ちゃんたちの進路の話になった。高校三年の絹子《きぬこ》姉ちゃんも、中学三年の麻子《あさこ》姉ちゃんも、来年の春は受験をする。

絹子姉ちゃんは、学校の先生になりたいと思っている。それには、大学の教育学部というところに進まなくてはならない。

「絹子なら、どこでも行きたい大学に入れるだろ」

父さんは言った。自分が行けなかった上の学校に絹子姉ちゃんが進むというのが、きっととてもうれしいのだ。

絹子姉ちゃんは、数学がちょっと苦手らしいけれど、それでもほとんどの科目で学年一番だから、たしかに父さんの言うとおり志望《しぼう》の大学に入れるだろう。大学にも国立大学や私立《しりつ》大学、それに公立大学などいろいろあるらしいけれど、国立大学の中にも、さらに「一期校」と「二期校」という区別があるんだそうだ。絹子姉ちゃんの第一志望は、国立一期校のひとつらしい。

麻子姉ちゃんは、絹子姉ちゃんと逆《ぎゃく》で、数学は得意だけれど国語がちょっと苦手だ。それでも、こちらもだいたい学年一番だから、何もしなくたって高校入試くらい大丈夫《だいじょうぶ》だろう。父さんも母さんも、心配なんかしていない。

「戦時中は、絹子《きぬこ》や麻子《あさこ》と同じような年の男の子たちが、兵隊になってお国のために戦ったもんだが」

父さんが言う。

父さんは、こんなふうに戦争の話をすることがときどきある。お酒がちょっと入るとなおさらだ。父さんは、お酒はあまり強くないけれど、きらいでもないようでときどき飲む。とっくり一本で真っ赤になり、あとはたいてい気持ちよく寝《ね》てしまうから、いいお酒だ、とおばあちゃんは言う。

海軍の学校の試験に通りますようにと、村の社《やしろ》にお百度を踏《ふ》んだ話とか、戦地に行く前に見てくれた占《うらな》い師《し》のおばあさんが「あんたの後ろには強い神様がついてるから、いくさで死ぬことはないよ」と言ってくれた話とか、そういう話はおもしろくて、木綿子《ゆうこ》は聞くのが好きだった。

今日は、父さんは自分の乗った船の話を始めた。海軍の船にもいろいろあるらしく、父さんが乗ったのは重巡洋艦《じゅうじゅんようかん》という種類の船だったのだそうだ。父さんは、その船で中国へ行ったのだ。

「揚子江《ようすこう》は広いんだ。向こう岸が見えないくらい広いから、クジラが海とまちがえて河口《かこう》に入ってきたことがあったなあ」

父さんは、揚子江の流域《りゅういき》にある南京《なんきん》という町に上陸したことがあるのだそうだ。きれいな町だった、と父さんは言った。

「父さんの船が停泊《ていはく》していると、河原《かわら》に中国人の子どもたちが来るんだよ。ことばはわからないけど、人なつこくてなあ。食べ物なんかやると、大喜びで毎日来るんだよ」

父さんは、おちょこをとりあげた。

「帰るときには、子どもらが『ミンテン、ミンテン』って、手をふっていくんだ。『また明日』ってことだったんだろうなあ」

お酒に強くはないから、父さんはおちょこを一口で飲みほすことはない。半分ほどを残してちゃぶ台に置くと、そこに自分でお酒をつぎたした。

「子どもはなあ、無邪気《むじゃき》なもんだが」

父さんは、漬《つ》け物に箸《はし》をのばしながら言う。

「川の土手に中国人をすわらせて、日本刀で首を斬《き》ったことがある」

父さんは、それを普通《ふつう》の顔で言った。

普通の声で、漬《つ》け物を食べながら言った。

中国人の首を斬《き》った。

木綿子《ゆうこ》は、茶碗《ちゃわん》をにぎりしめていた。

首、斬ったら死んじゃうよ？

父さん、中国の人を殺したことがあったの？

その人は、敵《てき》だったの？

遊びに来てた子の、お父さんやお兄さんじゃなかったの？

戦争で人が死ぬっていうのは、鉄砲《てっぽう》の弾《たま》にあたるとか、乗っていた船が沈没《ちんぼつ》するからだと思っていた。

でも、土手にすわらせて首を斬るって。

父さん、人を殺したの？　人殺しだったの？

ちゃぶ台のまわりを見ると、母さんも、おばあちゃんも、絹子《きぬこ》姉ちゃんも、麻子《あさこ》姉ちゃんも、みんなだまってご飯を食べているのだった。

父さんは、すくい上げるような目で食卓《しょくたく》を見まわした。漬け物をかんでいる唇《くちびる》は意地っぱりの子どもみたいな笑いの形をしていた。

木綿子《ゆうこ》は、自分のまわりに透明《とうめい》な膜《まく》がかぶさったような、自分だけ水の中に沈《しず》んでしまったような、息苦しい気持ちでいつもと同じ夕食の様子を見ていた。

知ってたの？　父さんが人を殺したって知ってたの？　絹子《きぬこ》姉ちゃんも、麻子《あさこ》姉ちゃんも、あたしたちは人殺しの子だって、知ってたの？

どうしてなの？　中国人の子どもをかわいがっていたのに。そういう子のお父さんだったかもしれないのに。

たしかに、本を読んでも、映画《えいが》を見ても、戦争のときは人が死ぬのだった。人が死ぬのは、だれかが殺すからなのだった。父さんが戦争に行ったということは、そして生きて帰って来たということは、「死なずにすんだ」ということだけでなく、「だれかを死なせた」のかもしれないということに、木綿子は今まで思いいたらなかった。

父さんは人を殺した。

そんな話に、なんて相づちをうてばいいんだろう。お姉ちゃんたちも、どうしたらいいのかわからなくて、何も言わないのかもしれない。

父さんは、絹子姉ちゃんの進路の話をしていたときと同じように、ははと笑ってご飯を食べた。木綿子《ゆうこ》も食べた。透明《とうめい》な膜《まく》を間にはさんで食べるご飯は、なんの味もしなかった。でも食べた。なんでもないことのようにふるまえば、父さんが中国人の首を斬《き》ったということも、なんでもなかったことになるだろうか。

川を見る人

学校の帰りに、なんとなく川に足が向いてしまったのは、中国の川のことが頭にあったからかもしれない。土手にすわらされた中国の人が最後に見たのは、きっと川だったはずだ。その川は、この町を流れる川よりずっと大きく、向こう岸も見えない海のような川だったのだろうけれど。

中国の川の土手には、どんな草が生えていたんだろう。

しゃがんでスベリヒユの冷たい茎《くき》にさわりながら、木綿子《ゆうこ》は体がふるえるような気がした。

草の上には血しぶきがとんだだろう。中国の川も、草も、父さんが人を殺すのを見ていただろう。

河原《かわら》の方で、何かがキラッと光った。

目をあげると、立原和也《たちはらかずや》さんが、むしろ小屋の外で鏡のかけらを見ながら小刀で髪《かみ》を切っていた。和也さんは、木綿子を見てもおどろいたふうでもなく、言った。

「ずっとほっぽっといたんだけど、暑くなってきたからね」

ひげも、少しは整えたらしい。

この前あそこでキラッと光ったのは、カーネーションを生けた牛乳《ぎゅうにゅう》びんだった。

そう思ったとき、ゆうべからの息苦しさが、ふっと楽になったような気がした。

木綿子《ゆうこ》が河原《かわら》におりて行くと、和也《かずや》さんは短くなった髪《かみ》に指を入れてすいてみせた。

「頭が軽くなった」

それから、木綿子の顔を見た。

「どうしたんだ」

木綿子はだまっていた。ことばのかわりに涙《なみだ》があふれてきた。まわりにあった透明《とうめい》な膜《まく》が、涙になって溶《と》けてきたような気がした。

あたしは人殺しの娘《むすめ》だ。「橋の下で拾われた子」どころじゃない。「橋の下の変な人」よりも、もっともっと悪い。

和也さんは、困《こま》ったように短くなった頭をがしがしとかき、それから木綿子の肩《かた》をそっとおさえて、堤防《ていぼう》のコンクリートにすわらせた。そして、どこかへいなくなった。

ひとりになって、木綿子はしばらくわんわん泣いていた。小学校に入ったばかりのころの木綿子は泣き虫で、父兄会《ふけいかい》のとき、母さんが先生に「よく泣く子ですね」と言われたとかで、家に帰ってから「みっともないからあんまり泣くな」と叱《しか》られた。そのときももちろん、母さんにそう叱られて泣いてしまったのだ。それでも、自分でも泣きたいわけではなかったから、四年生のころからあまり泣かないようにはなった。

このごろでは、ほとんど泣いたりすることはなくなっていたのになあ。家じゃないところで泣いたのは、本当に久《ひさ》しぶりだ。

涙《なみだ》が少しおさまって、鼻をすすりながらまわりを見るゆとりができた。和也《かずや》さんは、きっとあきれてどこかに行っちゃったんだろう。だって、泣くのは「みっともない」んだもの。

けれど、すぐに小屋のむしろが動いて、和也さんが出てきた。手に何か持っている。

「ほら、これ」

細長い、白いものをさしだした。泣いたあとの顔を見られるのがいやで、木綿子《ゆうこ》が横目でそっちを見ていると、和也さんは木綿子のひざの上にそれを置いた。

「なあに」

やっと声が出た。ひどい鼻声だ。

「ふたつに折ってごらん」

木綿子は、涙にぬれた手をスカートにこすりつけて、白いものをとりあげた。十五センチの定規《じょうぎ》くらいの大きさだ。紙かビニールか、よくわからないものでできた袋《ふくろ》のように見える。中には水かなにか入っているらしいけれど、その中心に細い棒《ぼう》のような形の固いものがある。

「ほら、折って。まん中から折ってごらん」

「だって、折ったらこわれちゃうよ」

テストで一番がとれなかったときなど、「くやしいー!」と叫《さけ》びながらえんぴつを折る麻子《あさこ》姉ちゃんを思い出す。そんなとき、木綿子《ゆうこ》はえんぴつがかわいそうでならない。

「折らないと使えないんだ」

使えない?

木綿子は、おそるおそる白い袋を折りまげてみた。中で棒のようなものがしなうのがわかった。もう少し、力を入れてみた。

ぱきっ。

小さい音がして、急に白い袋が冷たくなった。

「あっ」

「冷えてきただろ」

和也《かずや》さんが言った。

「目に当てときなよ、家に帰るまで。泣いた目をして帰りたくないだろ」

ああ、そうか。

木綿子《ゆうこ》は、目を閉《と》じて、冷たい白い袋《ふくろ》を両方のまぶたに押《お》し当てた。大泣きしたあとの目は熱くて、頭までずきずきしていた。

「気持ちいい」

そう言いながら、なんだかまた涙《なみだ》が出て困《こま》った。

そんなふうにしていたから見えなかったけれど、和也《かずや》さんが隣《となり》にすわったのはわかった。

「すっきりしたか」

木綿子は、ひとつ鼻をすすった。

「……あたし……」

和也さんは、だまっている。

「……あたしの父さん、人を、こ、殺したことがあったんだ」

木綿子は、ときどき新たに涙を流しながらゆうべのことを話した。話し終えても、和也さんは何も言わなかった。木綿子は、なんだか心配になって、白い袋を目からずらして隣を見た。

和也さんは、立てたひざの上に腕《うで》を重ねて、その腕にあごをのせて、川を見ていた。

「戦争は、人を殺すってことなんだよね」

しばらくして、和也《かずや》さんが言った。

「戦争がなければ、たくさんの人が死なずにすんだ。っていうことは、たくさんの人が人殺しにならずにすんだはずなんだ。会社に行ったり、店屋で野菜を売ったり、田んぼを耕《たがや》している普通《ふつう》の人が、殺したり、殺されたりしなくてすんだんだ」

戦争がなかったら。

父さんは、富士山《ふじさん》のふもとでお茶を作っていたかもしれない。そして、なんとかして上の学校へ行ったかもしれない。母さんは名古屋《なごや》の街中《まちなか》に住んで、おひな様は今でも全部そろっていたかもしれない。

「日本だけじゃない。どこの国だって、普通の人が兵隊になって戦場へ行く。そして死ぬのは兵隊だけじゃない。年寄《としよ》りも、子どもも、それに動物も死ぬ」

木綿子《ゆうこ》は、和也さんを見た。

「戦争、行ったの？」

父さんより、ずいぶん若《わか》いと思うけど。

「行ってない」

和也《かずや》さんは言った。

「戦争に行くなんてことがないように、戦争なんかない世界にしたかった。だれも、何も死なない戦争なんてないんだもの。死ぬのも、殺すのも、まっぴらだもの。だから、ずっと言ってきた。戦争はいやだ、って」

木綿子《ゆうこ》は、まじまじと和也さんを見る。

和也さんは、木綿子の方を見て、ふっと唇《くちびる》だけで笑顔《えがお》になった。

「歴史はくりかえすっていうけど、戦争なんてくりかえしたくないだろ」

「歴史はくりかえす?」

和也さんは、また川の方を見た。

「ずーっと大昔から、戦いはあっただろ。世界中で、大きいのや小さいのや、いつもどこかとどこかが戦ってて、そうして領土《りようど》をとったりとられたり、鉄砲《てつぽう》や大砲《たいほう》や……原子爆弾《ばくだん》が発明されたり……。くりかえすたびに、一度にたくさんの命が奪《うば》えるようになって、それってつまり、ひとつひとつの命がどんどん軽《かろ》んじられていって……」

和也さんは、ちょっと言葉をとぎらせた。

「うん……」

はっきりとうなずくだけの知識《ちしき》が、木綿子《ゆうこ》にはない。

「でも、戦争は、地震《じしん》や洪水《こうずい》なんかとちがって、人間が始めなければ起きないことなんだから」

「うん……」

「だから、戦争を始めなければいい。いやだ、とたくさんの人が声をあげればいい。僕《ぼく》はそう思ってた。簡単なことじゃないけど」

和也《かずや》さんが、自分の声をはげますように、ちょっと上を向いた。

「今も、そう思ってる」

人間が戦争を始める。だれかが、戦争をしようと決める。それなら、戦争を始めた人がどこかにいるということ？　それなら、戦争で人が死ぬことも、殺すことも、全部その人のせい？

父さんは人を殺した。そう知っても、木綿子は父さんが戦争そのものの責任者《せきにんしゃ》だとは思えない。父さんは、始まってしまった戦争に行っただけなのだ。だって、時代が戦争中だったのだから、ほかにどうしようも……なかった……？

……でも、甲種合格《こうしゅごうかく》だったことを喜び、海軍の学校へ行きたくてお百度参りをし、召集令《しょうしゅうれい》状《じょう》が来る前に自分から兵隊になることを選んだ。いやいや戦争に行ったわけじゃなかったんだ。

「親を殺された子はつらいけど、人殺しの子もつらい」

和也《かずや》さんが木綿子《ゆうこ》を見た。

人殺しの子。

木綿子は、ちょっと体を固くした。和也さんの目が優《やさ》しくなった。

「君に責任《せきにん》はない」

もう一度言った。

「君に責任はないよ、まだ」

まだ。

木綿子は、和也さんを見つめた。気が楽になったような、肩《かた》がずっしり重くなったような、妙《みょう》な気持ちだった。でも、もう泣きたくはなかった。

「ほら、それまだ冷たいだろ。目に当てときなよ」

和也さんが、白い袋《ふくろ》を指さす。

「うん」

そういえば、これはなんだろう。ふたつに折ったら冷たくなる。こんなもの、初《はじ》めてだ。どこに売ってるのかな？　和也《かずや》さんて、お金を持ってるのかな？

「何か、仕事してるの？」

木綿子《ゆうこ》は、袋《ふくろ》を目に当てたまたずねた。

「してない」

「じゃあ、ご飯、何食べてるの？」

「いろいろ」

「いろいろ？」

「ゴミを集めたりしてお金をもらったら、何か買ったりするし」

「そんなら仕事してるんじゃないの」

「いつもやってるわけじゃないからなあ」

和也さんが、むしろ小屋をふりむく気配がした。

「少しは、保存食《ほぞんしょく》もあるんだ」

「保存食？」

「うーん、かんづめとか」

なんだかことばをにごすような感じで、和也さんは言った。

「給食、持ってきたら食べる?」

「給食?」

「うん。あたし、嫌《きら》いなものが多くて。でも、いつも残してばっかりだと先生に怒《おこ》られるかもしれないし。パンにはさんで、こっそり持ってきちゃえばいいと思うんだ。持ってきたら食べる? 持ってきてもいい?」

「給食かあ」

和也《かずや》さんは、両手をうしろについて、体をそらした。

「そりゃ、全部食べた方がいいに決まってるけど、給食、残すと怒られるのかあ」

和也さんは、今さらのようにそんなことを言う。

「あ、でも、持って帰ったら腐《くさ》っちゃうかなあ」

ふと心配になって、木綿子《ゆうこ》が言うと、和也さんも首をかしげた。

「これからの季節は、あぶないかもなあ」

「パンなら、いいよね」

パンは、給食の中でほとんど唯一《ゆいいつ》、木綿子があたりまえに食べられるものだったのだけれど、それでも残して和也さんに持ってきてもいい、と思った。

「パンを持って帰るのは、怒《おこ》られないのかな?」

「だって、お休みした子のところにも、近所のだれかがパンを届《とど》けに行くでしょ。だから、パンなら大丈夫《だいじょうぶ》だと思うんだけどなあ」

まあ、こっそり持って帰るにこしたことはないけど。

「ふーん。休んだ子のところに、パンを持って行くんだ」

和也《かずや》さんは、空の方を向いて、ひとりでうなずいて、また木綿子《ゆうこ》を見た。

「嫌《きら》いなものが多いのか」

「うん」

「何が嫌いなの」

「肉。お刺身《さしみ》も嫌いだけど、給食じゃ出ないし。それに、キャベツの塩もみも嫌い。うちで食べる、いためたり煮《に》たりしたキャベツはいいんだけど。ほかにもいろいろ。クジラも。肉じゃなくて魚だから食べなさいって言われたけど、クジラはほ乳類《にゅうるい》だもの、肉だよね?」

「クジラ?」

和也さんの声が、ちょっとびっくりしたようにはね上がった。

「クジラ、給食に出るのか」

「ときどきだけど。特に、クジラのオーロラソースっていうのがいやなの」

「うーん、そうかあ」

和也《かずや》さんが考え込《こ》むように言ったので、木綿子《ゆうこ》はちょっと首をかしげた。

魚市場に近いこのあたりの家なら、クジラや、イルカだって普通《ふつう》の食卓《しょくたく》に上がることがある。イルカの肉には分厚《ぶあつ》い脂肪《しぼう》がついていて、木綿子はこれも苦手だ。

目に当てた袋《ふくろ》が、だんだん体温と同じくらいにあたたまってきた。

「これ、すごいね。ぱきっと折ると冷たくなるんだね。どこで買ったの?」

「うーん、それは、もらったんだ」

和也さんは、またあいまいな声を出した。

「小さいから、すぐあったまっちゃうだろ」

「中の棒《ぼう》みたいなもの、まだ折れてないとこをもう一度折ったら、また冷える?」

和也さんが笑った。

「いや、だめだよ。一回きりなんだ。使《つか》い捨《す》てだから」

「使い捨て?」

一度使ったら捨ててしまうってことなんだろうか。なんてもったいないんだろう。

木綿子《ゆうこ》は、わずかに残った冷たさを惜《お》しむように、白い袋を目に押《お》し当てた。

和也《かずや》さんはいくつなんだろう。

戦争に行かなかったと言った。行きたくなかったと言った。戦争はいやだ、とずっと言ってきた、と言った。

よくわからない。第二次世界大戦が終わってもうすぐ二十年。和也さんは、戦争中はせいぜい木綿子くらいの子どもだったんじゃないだろうか。

戦争は、普通《ふつう》の人が殺す。殺される。兵隊じゃない人も、動物も死ぬ。

和也さんの言う通りだと思う。お茶の畑で農作業をしていた父さんは、それがいやじゃなかったのか。いやだったけど、兵隊になったから、殺さなきゃならなかったのか。

それとも。

もう冷たくなくなった白い袋《ふくろ》を持つ木綿子の手に、ぞくりと鳥肌《とりはだ》が立った。

それとも、父さんは、中国人を殺しても平気だったんだろうか。

帰るとき、和也さんに聞いてみた。

「どこから来たの？　どうして橋の下なんかに住んでるの？」

和也《かずや》さんは、頭をかきながら上を見上げた。

「川を見てないといけないからなあ。時の流れをつかまえたいんだ」

答えになってないよ、と思ったけれど、木綿子《ゆうこ》はだまって、すっかりあたたまった白い袋《ふくろ》をプリーツスカートのポケットに入れた。

それから、和也さんの見ているものが何か知りたくて、同じように上を見上げた。

橋の裏側《うらがわ》が見える。たて横ななめに鉄の棒《ぼう》がわたっていて、そのさらに上の暗がりにコンクリートが見える。トラックが走ると鉄骨《てっこつ》がゆれ、コンクリートがふるえる。

橋がゆれる

そういえば、こんなことがあった。

何年か前、やっぱり母さんについて町へ買い物に行ったときのことだ。帰り道で橋をわたっているとき、ちょうどまん中あたりでしゃがみこんでいる女の人がいた。

「どうしたんですか」

母さんが声をかけると、その女の人は顔を上げた。ぶるぶる震《ふる》えている。見覚えはあるような気がするけれど、どこのだれかまでは知らないおばさんだった。

「どうしたんですか」

母さんがもう一度言うと、女の人は、橋のらんかんをきつく握《にぎ》りしめた。

「橋がゆれる。橋が落ちる。艦砲射撃《かんぽうしゃげき》だよう。こわい。こわい。こわい」

母さんは、ちょっとびっくりしたように女の人を見つめた。

「何言ってるの、今、ダンプが通っただけですよ。それで橋がゆれたの。いつものことなんですよ。橋は落ちやしませんよ。ほら、立って。帰りましょう、ね?」

母さんは、女の人の腕《うで》をとって立たせようとした。女の人がなかなか立とうとしなかったので、母さんは持っていた手提《てさ》げを木綿子《ゆうこ》にわたして、両手で女の人を抱《だ》き起《お》こすようにした。木綿子は今より小さかったから、母さんの手提げは大きくて重かった。それでも、その手提げを持っていることで、おびえる女の人を支《ささ》える手伝いをしているつもりになれた。

母さんは、らんかんから引きはがすようにしてやっと女の人を立たせると、両方の肩《かた》に手をそえて歩きだした。女の人の手は、支柱《しちゅう》を失った朝顔のつるみたいに、らんかんの方へふらふらと伸《の》びている。

「大丈夫《だいじょうぶ》ですからね。ほら、今は全然ゆれてなんかいないでしょ」

女の人は、泣きながら首をふった。

「艦砲射撃《かんぽうしゃげき》が。艦砲射撃が」

戦争中、沖《おき》の戦艦《せんかん》から大砲《たいほう》を撃《う》ち、陸上の建物などを破壊《はかい》するということがあった。それを艦砲射撃というらしい。名古屋《なごや》港も何度か艦砲射撃でやられた、と母さんが言っていた。戦争中の母さんの職場《しょくば》は、名古屋港の近くにあったのだ。

この女の人も、艦砲射撃でこわい思いをしたことがあったのだろう。

「大丈夫《だいじょうぶ》、大丈夫。戦争終わって、もう十何年すぎたんですよ。艦砲射撃はもうありませんよ」

母さんは、ほとんど引きずるように、女の人を支《ささ》えて歩いた。

こういうことがあると、母さんはえらいなあ、と木綿子《ゆうこ》は思う。自分だったら、地面にすわりこんで泥《どろ》だらけになり、ほおに涙《なみだ》のすじをつけて鼻水をたらしている知らないおばさんを、あんなふうに抱《だ》きかかえたりできないと思う。わけのわからないことを言って、頭のおかしいおばさんなんだと思う。そういう人を、汚《きたな》いとかこわいとか思ってしまう。

母さんはときどききついことを言うけれど、これを思い出すたび、母さんの本当のところはとても優《やさ》しいんだ、と木綿子は思う。

あとで母さんが言っていた。

「ここにも港はあるけど、もしかしたら、もっと大きい軍港のある町に住んでいたのかもしれないねえ。艦砲射撃《かんぽうしゃげき》がこわくて、かわいそうに、何かのはずみで思い出して、おかしくなっちゃうのね」

見覚えがあるとは言っても、女の人の家まではわからない。きっと近所の店に買い物に来ている人で、それで覚えがあるんだろうと、顔見知りのお店屋さんをまわって、だれか知っている人がいないか聞いているうちに、女の人がだんだんしっかりしてきた。足の下がゆれないでいることと比例《ひれい》するみたいに。

「大丈夫《だいじょうぶ》、帰れます」

というのを、途中《とちゅう》まで母さんと送って行った。女の人は、中学の近くに住んでいるらしかった。


川は上流に向かって大きくまがり、低い山のすそをまわっている。中学はその山のふもとにある。来年麻子《あさこ》姉ちゃんが卒業して、入れ違《ちが》いに木綿子《ゆうこ》が入る中学だ。


橋の下の和也《かずや》さんのところで泣いてきてから何日かたった日、木綿子は思いきって母さんに聞いてみた。

「この前父さんが言ったこと……ほんとなの？　父さんは、人を殺したの？　ほんとに中国の人の首を斬《き》ったの？」

父さん自身に聞くことなど、思いもよらなかった。父さんは、笑いながらうなずくかもしれない。それとも、怒《おこ》り出すかもしれない。

母さんは、縫《ぬ》った服の袖山《そでやま》にアイロンをかけていた。布《ぬの》に固くおがくずをつめた細長くて丸い台を袖《そで》の中に入れて、その上からアイロンをかけて形を整えるのだ。

母さんは、唇《くちびる》をきゅっとむすんだ。

「……ほんとなの？」

「戦時中だったんだよ」

母さんの声は固かった。つらいのか、不機嫌《ふきげん》なのかわからない声だった。

「人を殺したのなんのって、いちいち考えちゃいられないの。私《わたし》みたいに内地にいても、空《くう》襲《しゅう》のあとなんか、通りに死体が転がってるのが当たり前だったしね、人が死ぬことなんか平気になっちゃうの。みんなそうなの。だれだっておんなじさ。ましてや戦場にいた兵隊さんなら、敵《てき》は殺さなきゃなんないでしょ。殺さなきゃ殺されるんだもの。お国のために戦うって、敵をやっつけるってことでしょ。そうして、戦争に勝つことでしょ。私たちみんな、そういうふうに教育されてきたんだもの。女学校では、竹やりを持って、敵が上陸してきたら突《つ》き殺す練習したんだよ。学校で敵を殺しなさいって、そう教えられるの」

殺さなきゃなんない。

「……でも、父さんは、中国の子と仲良くしてたんだよね？　敵だったの？　敵の子どもとも仲良くなれるの？　中国人と戦ってたの？　父さんは、中国人に殺されそうになったの？」

母さんは、木綿子《ゆうこ》の方を見ないまま、ぐいぐいとアイロンを動かした。

「普通《ふつう》の人みたいな顔をしたスパイだって、中にはいたんだよ。あんたにはわからないの。あの時代に生きてたわけじゃなし、戦争のことなんか知っちゃいないくせに」

「でも、その時代だって、戦争はいやだって、思った人もいたんでしょ……」

母さんは、一瞬《いっしゅん》木綿子にきつい目を向けた。

「あんたは、いつだって『でも』『でも』ばっかり。強情《ごうじょ》っ張《ぱ》りですなおじゃないんだから」

アイロンをドン、と置いて、もう一方の袖《そで》を整える。

「戦争反対なんて言ったのはね、一部のインテリだけよ。家族のことなんか考えなくてもいい、気楽なインテリさ。私《わたし》たち一般人《いっぱんじん》が言えるわけない。戦争反対なんて言ったら、非国民《ひこくみん》だってことで特高につかまっちゃうんだから。牢屋《ろうや》に入れられちゃうんだからね。釈放《しゃくほう》されたって、隣《となり》近所の人につきあってもらえないんだよ。戦争がいやだなんて、そんなの当たり前じゃないの。戦争なんか、いやに決まってる。だから、敵《てき》をやっつけてさっさと終わりにしなきゃなんないでしょ。だいたい、小さいときから家でも学校でも、お国のために戦うって、教えられてきたんだもの」

戦争がいやだから、戦う……？

戦争がいやだから、敵《てき》を、人を、殺す……？

「インテリ」という人たちも、父さんや母さんと同じ時代に生きて、小さいころは同じ教育を受けてきたはずだ。同じ環境《かんきょう》にいても、ちがう行動をとる人もいる……。同じものを聞き、同じものを見ても、それに賛成《さんせい》する人と反対する人がいる。同じ食べ物を食べて、おいしいと思う人とおいしくないと思う人がいるように。

「でも……」

「ああ、また『でも』！　あんただって、あの時代に生まれてたら、みんなと同じに『兵隊さんばんざーい』ってやったに決まってるでしょ。敵を殺した兵隊さんを英雄《えいゆう》だって、思ったに決まってるでしょ。そんなふうにつべこべつべこべ屁理屈《へりくつ》ばっかり言えるのは、戦争を知らないからよ。人を殺したいとか、戦争やりたいなんて人、いるわけないじゃないの。でも、ひとりだけちがうことは言えないんだよ。そういう時代だったんだもの。あんたにはわからないの。わかんない話に首つっこむんじゃない。父さんも、いくらお酒が入ったからって、あんな話、ご飯のときにしないでくれりゃいいのに」

母さんは、今ははっきりと不機嫌《ふきげん》になっていた。そして、（なぜかわからないけれど）怒《おこ》っていた。

あたしも、そうだったに決まってる?

木綿子《ゆうこ》は、自分を総《そう》ざらいするみたいに、頭の中がぐるぐるするまで考えた。

学校の決まりは守らなくちゃならない。教えられることはちゃんと覚えなくちゃならない。昔も今もそうだったから、だから、学校で「お国のために死ぬのは尊《とうと》いこと。敵《てき》を殺すのは偉《えら》いこと」だと言われたら、その通りだ、と信じる……。

あたしも、そんなふうになっただろうか。

木綿子は、こわくなってきた。あたしはちがう、絶対《ぜったい》に戦争はいやだって言える、という自信がぐらぐらしてきたのだ。

母さんは、木綿子の問いを否定《ひてい》しなかった。父さんは中国人を殺して、それは戦争だからしかたなかった、と言ったのだ。

大勢《おおぜい》の中でたったひとりみんなとちがっても、あたしは自分の考えをちゃんと持っていられるだろうか。だけど「自分の考え」って、どこから生まれてくるんだろう。本を読んだり、まわりの人の話を聞いたりしてできてくるものだとしたら、学校でも家でも町でも「戦争に行って戦うのが当たり前」だと言われていたら、それがあたしの考えになるかもしれない。「非国《ひこく》民《みん》」と言われた人たちは、どうやって「ひとりの考え」を思いつき、それを持ち続けることができたんだろう。

あたしは人殺しの娘《むすめ》。そして、時代がずれていたら「父さんは敵《てき》を殺して偉《えら》い」と、笑顔《えがお》で手をたたいていたのかもしれない……？

木綿子《ゆうこ》は、父さんが戦争のときの話をするのをもう聞きたくないと思った。それなのに、どこかでそういう話を待っているような、正反対の気持ちもある。

和也《かずや》さんが言った「君に責任《せきにん》はないよ、まだ」の「まだ」のところが、のどにひっかかった魚の小骨《こぼね》みたいに気になるのだ。「まだ」ってことは、これから責任を持たなきゃならないってことなんだ。その責任って、父さんが殺してしまった人への責任？　もう終わってしまった戦争の責任？

ああ、和也さんは「歴史はくりかえす」とも言ったっけ。終わってしまった戦争は、これから起きる戦争なのかもしれない。戦争しちゃだめだということには、時代も学校の教育も、関係ないはずなんだ……。

町にはたくさんの人がいて、父さんくらいか、もう少し年上の人たちの何人かは、戦争中人を殺したことがあるのかもしれない。戦争の前は「普通《ふつう》の人」で、今もきっと「普通の人」として暮《く》らしているだろう。そういう人たちの中で、自分は人殺しだ、と思っている人はいるんだろうか。しかたなかった、と思っている人は。そして、それを手柄《てがら》だと思っている人は。広島《ひろしま》や長崎《ながさき》など、原爆《げんばく》の悲惨《ひさん》さはもちろん、日本が戦争中たいへんだった話は、これまでも聞いたことがある。戦争をテーマにした小説のいくつかは、木綿子《ゆうこ》も読んだことがある。図書館で借りた『木かげの家の小人たち』や、『つるのとぶ日』などもそうだった。一方、戦争で人を殺した人の話、その人たちがどんな気持ちだったか、それを書いた物語は読んでいないような気がする。

秋には東京でオリンピックがあるけれど、そういうところに参加する選手みたいに、戦争に参加したことを名誉《めいよ》だと思う人もいるのかもしれない。

「海を越《こ》えて　友よ来たれ」と、オリンピックの歌は高らかに歌う。その「友」の中には、二十年前には敵《てき》だった国の人もいる。これから二十年あとにも、友は友のままでいるんだろうか。

母さんと町へ行くと、ときどき白い着物を着た「おもらいさん」が、ござの上にすわっているのを見かけることがあった。そういう人たちは、腕《うで》や足がなかった。一本の足で、松葉杖《まつばづえ》をわきに支《ささ》えて立ち、黒いアコーディオンを弾《ひ》いている人もいた。「傷痍《しょうい》軍人よ」と母さんは言った。戦争でけがをして、手足を失った兵隊さんたちだったのだ。

中には、ござの横に何か書きつけた厚紙《あつがみ》を立てている人もいた。

昭和十七年　ビルマ
昭和十九年　フィリピン

自分がどこの戦場にいたか書いてあるのだ、と母さんは言った。

「本当に傷痍軍人だってことを言いたいのと、もしかしたら同じところで戦った人や、仲間の消息を知っている人に会えるかもしれないって思うからだろうね」

「もはや戦後ではない」ということばを、木綿子《ゆうこ》は聞いたことがあった。敗戦後たったの十年で日本は豊《ゆた》かな国になったのだから、もう戦争をひきずらなくてもいいということなのかもしれない。日本には、軍隊もなくなった。でも、町には「軍人」がいて、通りかかる人からほどこしを受けている。

「お金が集まらなかったら、あの人たち、どうするの？」

母さんは、傷痍《しょうい》軍人の前を通りすぎる。木綿子《ゆうこ》が聞くと、母さんはちらりとふりかえった。

「ふだんは国の施設《しせつ》にいるはずだったと思うよ。軍人恩給《おんきゅう》も出てるんじゃなかったかしらね。あれは、少しおこづかいがほしいからかもしれないし……それとも、チョーセンの兵隊かもしれないわね」

「えっ、チョーセンて」

木綿子の声が聞こえなかったのか、母さんはどんどん行ってしまった。

えっ？

木綿子はわからなくなる。

チョーセン、朝鮮《ちょうせん》というのは外国だ。朝鮮の兵隊なら、どうして日本で傷痍軍人をしているんだろう。それは、父さんや母さんが「チョーセン」と口に出すときの、ふん、しかたないな、というような薄《うす》い笑い（できの悪い子を見るときみたいな？）と、関係があるんだろうか。

あの人たちは、おこづかいがほしいだけじゃなく、忘《わす》れられたくないのかもしれないと思ったのは、それからだいぶ後になってからだった。

川のある町

下駄箱《げたばこ》でズックをはいて、歩きだそうとしたら呼《よ》び止《と》められた。

「いっしょに帰ろう」

同じクラスの、知美《ともみ》ちゃんと敬子《けいこ》ちゃんだ。

知美ちゃんは色白で背《せ》が高く、敬子ちゃんは炒《い》り大豆のように日焼けした小柄《こがら》な子で、このふたりはいつもコンビでいる。女子の中では目立つ子たちで、学級委員になるのはだいたいこのふたりだ。

学級委員は、委員長ひとりと副委員長ふたりの、合わせて三人がなる。委員長は男女どちらでもいいけれど、副委員長は男子と女子、ひとりずつと決まっている。知美ちゃんと敬子ちゃんは、同じクラスになった去年から、この副委員長をかわりばんこにやっていて、今、六年生の一学期は敬子ちゃんが副委員長だ。

副委員長は、黒いビロードに縫《ぬ》いつけた銀色の校章のバッジを名札の上につけることになっている。委員長のバッジは金色で、絹子《きぬこ》姉ちゃんも麻子《あさこ》姉ちゃんも、いつもこの金色のバッジをつけていた。

木綿子《ゆうこ》は、実は知美《ともみ》ちゃんと敬子《けいこ》ちゃんが、ちょっと苦手なのだ。

去年の秋だったか、知美ちゃんが親切そうにこんなことを言った。

「木綿子ちゃん、そばかすだらけでかわいそう。ハイシーエースって知ってる? 一日二錠《じょう》飲むと、そばかすが消えるんだよ」

たしかに、木綿子の顔にはそばかすがある。鼻を横切って右から左へ。(左から右へ、なのかもしれない) お姉ちゃんたちには、そばかすなんか全然ないのに。

でも、いつだったかおばあちゃんが言った。

「そばかすがあるっていうのは、色が白いってことなんだよ。昔から『色の白いは七難《しちなん》かくす』って言うし、色が白いのは美人の条件《じょうけん》なの。気にすることないよ」

それで、木綿子は、そばかすがあってもいいや、と思うことにした。あたしは美人じゃないけど、まあ少なくともその条件だけは整ってるってことだもん。

それで、(色白で、かつそばかすもない) 知美ちゃんに「かわいそう」と言われたとき、ついそのことを言ってしまったのだった。「そばかすがあるのは、美人の条件なんだよ」って。

おばあちゃんのことばをずいぶんはしょったものだけれど、木綿子の中ではちゃんとつじつまが合っていたのだ。

でも、知美《ともみ》ちゃんと敬子《けいこ》ちゃんは、ふたりで目を丸くして、

「木綿子《ゆうこ》ちゃんは自分を美人だと思ってる」

「信じられない、自分で自分のことを美人だと言ってる」

「うぬぼれてるよね」

「いけないんだ」

「いけないいんだ」

という二部合唱になったのだった。その前から特に仲がいいというほどのことはなかったのだけれど、このことで、苦手はさらに苦手になったのだ。知美ちゃんと敬子ちゃんにしたって、木綿子のことを親友とは思っていまい。敬子ちゃんは学級委員として、さそうのが義務《ぎむ》だと思っているのかもしれない。

その、苦手な敬子ちゃんが言った。

「おんなじ方へ帰るんだもんね」

まあ、それは確《たし》かにそうなのだ。いっしょに帰らなくたって、同じ時刻《じこく》に学校を出れば、同

じ道の同じようなところを歩くことにはなる。

「うん、でもね」

木綿子《ゆうこ》は、何を言ったらいいか迷《まよ》いながら、そのままことばを続けた。

「今日はちょっと、ひとりで帰りたいんだよね。ええと、考えることがあって」

知美《ともみ》ちゃんと敬子《けいこ》ちゃんがだまってしまったのはわかったけれど、木綿子はそのまま手をふった。

「じゃね」


川のこのあたりには、あまり距離《きょり》をおかずに四つの橋がかかっている。川の下流から、神代橋《じんだいばし》（木綿子の家に近い）、御幸橋《みゆきばし》（図書館のそば）、次に三国橋《みくにばし》（小学校のそば）、最後は中学のある山すそに近い松瀬橋《まつせばし》。小学校の正門からは、三国橋が見える。

この前、担任《たんにん》の岡部《おかべ》先生が、浮世絵師《うきよえし》歌川広重《うたがわひろしげ》の描《えが》いた東海道五十三次の絵を見せてくれた。

「これは、江戸《えど》時代にみんなの住んでるこの町が宿場町だったときの絵だよ。ちょうど、この近くが描かれているんだ。まん中へんに橋が見えるだろ。あれが三国橋だな」

大きくまがって流れている、川沿《かわぞ》いの道の絵だった。手前の木の向こうに、丸い月が出ている。夕方なのだ。道には、親子づれなのか、女の人ふたりと、大きな天狗《てんぐ》のお面を背負《せお》った人が歩いている。

「これは、四国《しこく》の金比羅《こんぴら》参りに行く人だね。金比羅さんは、天狗にゆかりがあったらしい」

旅人が歩いている道は、木綿子《ゆうこ》がよく歩く土手の道なのかもしれない。橋の向こうには家々が建ち並《なら》び、川のきわにある家は水に浮《う》かんでいるようにも見える。

ああ、そうか。このころから、川の向こうは今と同じようなにぎやかな「町」で、この旅人たちは、暗くなる前に三国橋《みくにばし》をわたって「町」、宿場に入ろうと急いでいるんだ。昔からここには人が住んでいて、川と並んで道があって、人が行き来していたんだ。

あの絵の中に入れたとしたら、あたしは向こうから歩いて来る。学校から家に帰ろうとして。そして、最初に女の人たちと、それから天狗のお面の人とすれちがう。

江戸《えど》時代が、急に身近になったような気がした。三国橋が描《えが》かれているってことは、このころには神代橋《じんだいばし》も御幸橋《みゆきばし》もなかったのかもしれない。今でも港に近い河口《かこう》には橋がなくて渡《わた》し船が通っているけれど、江戸時代のこの川には、渡し船はもっと似合《にあ》いそうだ。

あのときの絵と先生の話を思い出しながら、木綿子は「時の流れ」ということを思った。時の流れをさかのぼったら、本当に絵の中の旅人たちと行き合うことができそうな気がした。

木綿子《ゆうこ》は、学校の裏《うら》から土手に上がって、家の方に歩いた。御幸橋《みゆきばし》が見えてきた。図書館の建物を通りすぎる。

この次の、子ども読書会のテーマは『モヒカン族の最後』という本で、ちょっととっつきにくくてまだ読んでいない。この本は、川の向こうの小学校から参加している男の子の提案《ていあん》で決まった。

今度、図書館へ借りに行かなきゃ。

車がとぎれるのを待って、御幸橋を横切る。

土手下の道沿《みちぞ》いには石屋さんがあって、いつも白や黒の石がたくさん積んである。天気のいいときは、石の中にきらきら光るものがたくさんあるのがわかる。みかげ石というのだ、と父さんが教えてくれた。

父さんは、だれかに何かを教えるのが好きだな、と木綿子は思う。でも、人からものを教わるのは、あんまり好きではないようだ。

小学校しか出ていない父さんは、勉強ができなくて上の学校に行けなかったわけではないから、きっと残念な思いをしただろう。それで海軍の学校を受験して、合格《ごうかく》して、とてもうれしかっただろう。自分に自信を持っただろう。

母さんと結婚《けっこん》して仕事につくときも、父さんは学歴のせいでずいぶん苦労したと聞いた。それでも、今の会社では一応《いちおう》出世してきたから（お父さんはエラサマだ、とおばあちゃんが言った）なおのこと、今さら人にものを教えてもらうなんて、気持ちが許《ゆる》さないのかもしれない。

絹子《きぬこ》姉ちゃんの同級生だった八百屋の徳《とく》ちゃんは、中学を出てすぐ家の仕事を手伝うようになった。オート三輪で仕入れだの配達だのに走りまわっている。オート三輪の免許《めんきょ》は十六歳《さい》でとれるのだそうだ。家が近所だから、木綿子《ゆうこ》もときどき運転中の徳ちゃんを見かける。徳ちゃんは、学校での勉強というのはなくなったけれど、免許をとったり仕事を覚えたり、勉強するものはまだまだきっとある。

勉強するって終わりがあるんだろうか。あたしは、お姉ちゃんたちほどできないから、あんまり勉強は好きじゃないんだろう、と木綿子は思う。でも、勉強というのとはちがうかもしれないけれど、本を読んでいろんなことがわかるのはとても楽しい。

好き嫌《きら》いの多い木綿子だけれど、本の中の食べ物の描写《びょうしゃ》はどれもおいしそうだし、行ったことのない場所だって、目をつむると見えるような気がする。『赤毛のアン』を読んだときには、プリンスエドワード島の森や湖、知らないはずのキンポウゲやサンザシの花だの、物語の中のいろんなものがまぶたの裏《うら》に浮《う》かんでくるようだった。でも、目を開けると、いつもの家の、色の焼けたふすまが目の前にあって、意外な思いさえしたのだった。

絹子《きぬこ》姉ちゃんは、木綿子《ゆうこ》と同じように本を読むのが好きだけれど、麻子《あさこ》姉ちゃんはそうでもない。「役に立つ本なら読んでもいいけど、小説なんか読んでなんになる」と麻子姉ちゃんは言う。

「そんなことする前に勉強したら。勉強の合間に本を読むならいいけど、あんたは本を読む合間に勉強するからダメなんだ」

麻子姉ちゃんは、木綿子のすることを「ダメ」とか「ヨシ」とか、きっぱり決めてしまうことがあり、そう言われると木綿子はなんとなく逆《さか》らえない気持ちになる。それでも、本を読むのだけはどうしてもやめられない。

神代橋《じんだいばし》が見えた。橋の下にはむしろ小屋。そして、コンクリートにこしかけている和也《かずや》さんが見えた。木綿子が手をふると、和也さんが片手《かたて》を上げた。

「よう、お帰り」

「ただいま」

木綿子は答えて、家に帰ったみたいだ、と思った。ここはあたしの家じゃないのに。

「給食のパン、食べる?」

和也《かずや》さんは、おもしろそうな顔をした。

「うん。食べる」

今日のおかずはカレーシチューだった。家で食べるときの、ご飯にかけるカレーよりはさらさらしていて、パンにつけたりそのまま食べたりする。木綿子《ゆうこ》は、中にひらひら入っていた薄《うす》切《ぎ》りの肉を、二つ折りにした食パンにはさんできたのだ。食パンは二枚《まい》あったから、一枚はしっかり食べてきた。

カレーシチューの日は、給食室のある校舎《こうしゃ》に入るとすぐわかる。カレーの匂《にお》いでいっぱいなのだ。給食室の中では、白いうわっぱりを着たおばさんたちが、子どもがすっぽり入ってしまいそうな巨大《きょだい》ななべを、木のスコップみたいなものでかきまわしているのが見えることもある。

和也さんは、パンのはしを持ち上げてちょっと中身を見て、それから一口かじりとった。きれいな歯だな、と木綿子は思った。

パンをわら半紙にくるんでランドセルに入れるとき、となりの席の岩崎《いわさき》君と目が合ってしまった。

岩崎君は四年生のとき転校してきて、木綿子とは五年生から同じクラスになった。お父さんが転勤《てんきん》の多い仕事なのだと聞いた。

今のクラスは六つの班《はん》に分かれていて、岩崎《いわさき》君は木綿子《ゆうこ》の班《はん》の班長だ。ちなみに副班長は木綿子で、席がとなり同士なのはそのせいもある。

「持って帰っちゃうの」

岩崎君が、あっさりと聞いた。

「うん。持って帰っちゃうの」

木綿子も、あっさりと答えた。

それっきり、岩崎君は何も言わなかった。どうして、とも、だめだよ、とも言わなかった。変な顔もしなかった。

こういうところ、岩崎君のいいところだな、と木綿子は思う。あまり細かいことを気にしない。見られたのが、知美《ともみ》ちゃんや敬子《けいこ》ちゃんだったら大変だった。きっと大騒《おおさわ》ぎされただろう。

給食を残すときは先生に見せて「残してもいいですか」と聞かなくてはならない。四年生のときの先生は、何日かに一度「今日こそは全部食べるまで席を立ってはいけません」と言う人だった。木綿子は、給食のあとの長い昼休みを、アルミのお盆《ぼん》を前にしてすわっていることになった。

一度は教卓《きょうたく》まで呼《よ》びつけられて、お盆を持ったまま昼休み中説教された。

もったいない。わがままだ。食べ物なのだから食べられないはずがない。戦争のときは食べるものがなくて、大勢《おおぜい》の子どもたちがいつもおなかをすかせていた。あなたはそういうことを知らないから、そんなぜいたくができるのだ。あのころの子どもたちに申《もう》し訳《わけ》ない。

あのときは、だんだんたまらなくなって涙《なみだ》が止まらなくなった。昼休みのみんなが、教室を出入りしながらちらちらと木綿子《ゆうこ》を見る。木綿子が先生に怒《おこ》られて泣いているのを見る。好き嫌《きら》いするからいけないんだ、と思っている。おいしいと思えたらいいのに、給食なんて、全部食べてしまいたいのになあ、と木綿子は思いながら泣いていた。

五年生のときの先生は、そういう説教まではしなかったけれど、給食を残すと小言を言うことは言った。麻子《あさこ》姉ちゃんのころからＰＴＡの役員になって、去年はＰＴＡ副会長だった父さんのことを持ち出して「お父さんは立派《りっぱ》なのに……」と言うこともあった。

今の岡部《おかべ》先生は「うーん、嫌いなんだねえ」とは言うけれど、叱《しか》りはしない。「全部食べるまで席を立つな」とも言わない。今年転任《てんにん》してきたばかりの先生だから、これから言うつもりなのかもしれない。まだ気は抜《ぬ》けない。

和也《かずや》さんは、パンを食べ終わって、両手をぱたぱたとはたいた。

「うん、まあまあだね」

「学校に行ってたころ、給食あった？」

「うん、あったよ。毎日楽しみだった」

「楽しみだったんだ」

どっちかというと「苦しみ」に近い木綿子《ゆうこ》は、ため息をついた。

でも、和也《かずや》さんが小学校だったころって？

「菜っ葉とワカメを入れた菜飯っていうのがあって、それが好きで」

和也さんが言う。

菜飯？　ご飯？

「ご飯が給食に出たの？」

給食はパンだ。コッペパンか厚《あつ》ぼったい食パン。たまに砂糖《さとう》をまぶした揚《あ》げパン。おかずがお汁粉《しるこ》でも、豚汁《とんじる》でも、いつでもパンだ。パンに決まっている。

和也さんが、木綿子を見てちょっとまばたきして、それからがしがしと頭をかいた。

和也さんが頭をかくのは、何か困《こま》っているときだ。

和也さんが小学校のころ。戦争中だったんじゃないか。お米なんかなかなか手に入らなかったって聞いた。楽しみになるほどの給食を作る材料があったんだろうか……？

「和也《かずや》さん」

木綿子《ゆうこ》は、初めて和也さんの名前を口に出した。

「和也さんて、どこから来たの？」

どこか外国？　それとも、日本に特別な場所があったのか……。

和也さんは、橋の裏側《うらがわ》を見上げて、大きく息をつき、しばらくしてから木綿子の方を向いた。

「君になら、話してもいいのかな。わからないんだ。信じてもらえないだろうし」

そして、自分のことばに首をふった。

「いや、君は信じてくれるのかもしれないな。『時の流れ』を見たことがあるんだもの。僕《ぼく》たちは似《に》たところがあるんだよ、きっと。あのときまで、そういう人には会ったことがなかった」

和也さんは、木綿子をじっと見た。

「うまく話せるかどうかわからない。信じても、信じなくてもいい」

木綿子は、ちょっと気後《きおく》れがした。

いつだって、だれかに当てにされたり信頼《しんらい》されたりするのは、お姉ちゃんたちみたいな優等《ゆうとう》生《せい》。知美《ともみ》ちゃんや敬子《けいこ》ちゃんみたいにはきはきした子たち。あたしはたいてい「ああ、木綿子はあっち行ってていいよ」って言われる子。そんなあたしが、和也《かずや》さんみたいな大人のまじめな話を聞いてもいいの？

でも、時の流れ。あの、金色の流れ。

広重《ひろしげ》の絵を思い出した。木綿子《ゆうこ》が歩く、同じ川に沿《そ》って、同じ土手を歩いていた昔の旅人たち。つながる時。つながる景色。ことばにならない思いが、胸《むね》の底を流れるのがわかった。

あたしでも、いいのかもしれない。

木綿子はうなずいた。

川をさかのぼって

「僕《ぼく》は、この時代の人間じゃないんだ」

和也《かずや》さんが言った。木綿子《ゆうこ》は目をみはる。

「この時代……じゃない？」

「ここからだと、未来ってことになる」

「未来」

機械的にくりかえした。

「未来」といえば、『鉄腕《てつわん》アトム』くらいしか思いつかない。『鉄腕アトム』は手塚治虫《てづかおさむ》のマンガだけれど、去年からテレビマンガも始まった。

「二〇三〇年」

二〇三〇年。

今は、昭和三十九年。一九六四年。

この「一九六四」という数字は、オリンピックのおかげでよく耳にする。十月に東京で開催《かいさい》される第十八回オリンピックだ。父さんは、会社のえらい人のおともで開会式を見に行くことになっている。

和也《かずや》さんは、木綿子《ゆうこ》をちらっと見た。

「本当とは思えない？」

木綿子は、自分でも何がなんだかわからなくなってしまって、妙《みょう》なかっこうに首をまげてしまった。それに、頭の中でこっそり計算をしているところでもあったのだ。

二〇三〇年て……三十足す……えーと、六十六年先？　それだと、あたしは生きてたら七十七歳《さい》？　うちのおばあちゃんより年寄《としよ》りになってる？

「僕《ぼく》の家は、あっち側の海に近い方にある」

和也さんは、川の向こうを見た。

「ここに住んでたの？」

「住んでたっていうか、これから住むことになるんだよ。二〇一〇年だったかな、ひっこしてきたのは。僕は、そのとき小学校に上がる年だったから、あんまりよく覚えてないんだけど」

「二〇一〇年……」

「両親はふたりとも、ここの出身じゃなかったけど、親父《おやじ》の転勤《てんきん》がきっかけで、こっちに家を建てたんだ。と言っても、全然縁《えん》がないわけでもなくて、母方の親戚《しんせき》がこっちにいたことはいたらしいんだけど、僕《ぼく》は会ったことがない」

和也《かずや》さんは、川の向こうを見つめながら、ゆっくり話した。木綿子《ゆうこ》は、和也さんの顔から目が離《はな》せなかった。

未来から来た人……。

「二小、この時代にもあるんだろ？　市立第二小学校。僕は、そこに入学したんだ」

第二小学校、もちろんある。読書会で『モヒカン族の最後』を提案《ていあん》したのは、二小に通っている六年生の男の子だ。

「松林があってさ、家の近くに高校があって……」

「あ、絹子《きぬこ》姉ちゃんがそこに通ってる」

「そうか。あそこは女子が多いからね」

「多いって、女子校だもん」

「僕のときは男女共学だった。どこかで変わったんだろうね、きっと」

「和也さんの言ってるの、松高のことだよね？　県立松原《まつばら》高校」

松原高校は、昔高等女学校だったところで、今はそのまま女子だけの高校になっている。名前の通り、海岸から続く松林の中にあり、その松林には四年生のとき遠足で行った。松の木の中に、大きく皮をはがされて、その下の木肌《きはだ》に格子《こうし》のような傷《きず》がついているものがあった。先生は、それを松根油《しょうこんゆ》を採《と》ったあとだと言った。

「戦争の終わりごろ、物資《ぶっし》が少なくなって、女学校の生徒たちは松の木から油を採ったんです。それを飛行機の燃料《ねんりょう》にしてもらうためにね。あのころは、みんなが一生懸命《いっしょうけんめい》がんばっていました」

なんだかなつかしそうにそう言ったのは、給食のことで木綿子《ゆうこ》を昼休みに残したあの先生だった。

「僕《ぼく》は、青山《あおやま》高校に入って、それから浪人《ろうにん》して東京の大学に行って」

和也《かずや》さんは、自分が未来に生きていたことをたしかめるように、順々に話した。

松原《まつばら》高校が高等女学校だったように、青山高校は旧制《きゅうせい》中学だった。前は小学校の近くにあったのだけれど、その場所から移転《いてん》して、今は山の方にある。

「大学を卒業して新聞記者になった。子どものころからの夢《ゆめ》だったんだ」

新聞記者。

いいなあ。子どものころからの夢をかなえたのか。

「小学四年のとき書いた作文を、担任《たんにん》の先生がほめてくれたんだ。『文章を書くのが上手ね』って言われた。あれがうれしくて、何か書く仕事につきたいと思うようになったんだ。単純《たんじゅん》だよなあ」

書く仕事。

木綿子《ゆうこ》は、そっとため息をついた。

だれにも言えないでいるけれど、木綿子の夢《ゆめ》は小説家になることだ。母さんやお姉ちゃんたちに言ったら、もっと成績《せいせき》を上げなきゃそんなものになれるわけない、と言うだろうし、逆《ぎゃく》に父さんは、いかにも簡単《かんたん》そうに「ああ、なれる、なれる」と言うだろう。それは、言わせておけばいいさ、というように聞こえる。

この夢をうちあけられる人が、木綿子にはいない。

「……でも、どうして……ここに、過去《かこ》、だよね。過去に来ちゃったの？　過去だってこと、ほんとにたしかなの？」

和也《かずや》さんは、対岸を見つめたまま、言った。

「家に行ってみた」

木綿子が目をぱちぱちさせていると、和也さんはことばを続けた。

「ここに来てから、まず家の場所に行ってみた。僕《ぼく》は東京で暮《く》らしてたから、今は両親だけで住んでる家だけど、そこに行ったんだ」

あ、松原《まつばら》高校の近くの……？

「でも、どこだかわからなかった。高校はあったさ。今と全然ちがう、古いような新しいような三階建ての校舎《こうしゃ》だったけど。でも、その近くに見覚えのある場所なんかなかった。友だちの住んでたマンションも、総合《そうごう》病院も、なんにもなかったんだ。きっと、何十年かの間に道路を広げたり、区画を整理したり、原っぱが宅地《たくち》になったりしたんだろう」

マンション（ってなんだろう）……？　総合病院？

木綿子《ゆうこ》は首をかしげる。

「今」とちがうって、和也《かずや》さんの言う「今」は二〇三〇年のことなんだ。

「交番へ行って、住所を言って……でも、僕の家の住所はまだなかったんだ。町名が変わっていたんだろう。そこで、一生懸命《いっしょうけんめい》説明しようとしたけど」

和也さんは、ちょっと苦笑いした。

「警官《けいかん》がさ、僕を信じてないのがわかるんだ。頭がおかしいやつ、って思われたんだと思う。僕も、とても冷静にしゃべってなんかいられなかったし、警官がね、こわがってるみたいな、僕《ぼく》をなだめようとしてるみたいな感じで、奥《おく》の机《つくえ》の上に置いてある黒電話をちらちら見ながら、少しずつ後ずさりして行くんだよ。僕はどうしようもない気持ちになって、交番を飛び出して、それから……」

和也《かずや》さんは、ため息をついた。

「まあ、結局ここに落ち着いたんだ。ここなら川を見ていられるし」

それから、ちょっと笑った。

「はじめのうちは、本当におかしくなりかけてたのかもしれないよ。自分でも、何がなんだかわからなかったし、まわりの状況《じょうきょう》に慣《な》れることもできなくて。そのころの僕と出会ってたら、きっと君だって逃《に》げ出してたかもしれないね。今だって、頭が冷えて起きたことを理解《りかい》したっていうより、『開き直った』って言う方が正しいんだけど」

「橋の下の変な人」ということばが、久《ひさ》しぶりに木綿子《ゆうこ》の頭の中によみがえった。そのころ、どうしたらいいかわからなくて冷静になれない（開き直れない）和也さんが、「変な人」だと思われたのかもしれない。

「どうしてこんなことになったのか、っていうのはわからないんだ。いや、こうじゃないか、って思ってることはある。『時の流れ』に運ばれたと思うんだ」

それが、なぜ「和也《かずや》さん」だったのか。そして、どうして「ここ」だったのか。

「僕《ぼく》は、二〇〇三年四月七日に生まれた。生まれたのは香川県《かがわけん》なんだ」

「香川県て……四国《しこく》?」

「うん。でも、そのころのことはほとんど覚えてない。まだ小さかったからね。それで、さっき言ったように、小学校に上がる年にこの町にひっこして来たんだ」

「二小だね」

「二小だ。小学校のころは、作文書くだけじゃなくて、スポーツだってやったんだぜ。サッカー少年団《しょうねんだん》に入ってたんだ。試合のとき相手チームの子とぶつかって、けがしたことがあったっけ。今でもあとが残ってるよ、ひざのとこ。子どものころは、なんだか一日が長かった。大人になると、あっというまに一日、ひと月、一年がすぎちゃって、毎日時間が足りなくて……」

和也さんは、木綿子《ゆうこ》を見て笑った。

「今、子ども真っ最中なんだからわからないよね。でも、時間って不思議だ」

しばらくだまって川を見つめた。

「ほかにも覚えてることがある。小学二年のときだったかな」

和也《かずや》さんは、橋を見上げた。

「夏に、この川で花火大会があるよね」

「うん」

「あのときだった。両親と橋の上まで来て、とにかく人がいっぱいでさ、僕《ぼく》はまだ小さかったから、橋のらんかんのきわまでもぐりこんで行って、そこにしゃがんでたんだ。この橋、神代橋は、両側に広い歩道と花壇《かだん》のあるきれいな橋だったんだよ。いや、橋なんだよ。いや、そうなるっていうか。ややこしいな」

「ふうーん」

神代橋は、きれいな橋にかけ替《か》えられるのか。ダンプカーが通っても、艦砲射撃《かんぽうしゃげき》みたいに揺《ゆ》れたりしない橋だろうか。

「その、らんかんのすきまから、川を見てたんだ。花火と花火の間に、準備《じゅんび》する時間があるだろ、そのとき」

和也さんが、木綿子《ゆうこ》の方を見た。

「川の中に、金色の流れが見えたんだ」

木綿子の胸《むね》がどきどきした。

「はっきり見えてるのに、ほかの人は全然気づかないみたいで、あれはなんだろうって思って、両親に見せて聞きたいと思って、でも、間に人ごみがあってなかなか近づけないだろ。やっとそばまで行ったらまた花火が始まって、その音がうるさくてさ。話ができるようになったときは、金色の帯は消えてたんだ」

ああ、そうだ。川の中の金色の流れ。本当に帯みたいに、そこだけちがう色でたゆたっていた。そして、川をわたるほかの人は、そんなものには気づかない様子だった。

「あたしも、最初にあれを見たのはそのくらいのとき。一年か二年」

そして、木綿子《ゆうこ》はもうひとつ思い出したのだ。

「その金色の流れの中に、魚、いた？」

「魚？」

和也《かずや》さんは、目を丸くした。

「そう。大きな魚。鯉《こい》のぼりくらいあるかと思った。そういう魚、見なかった？　あの最初のとき、あたしは流れの中に魚の影《かげ》を見たの」

あれは、夢《ゆめ》かもしれないと思っていた。目を開けると消えてしまうプリンスエドワード島のように。忘《わす》れかけていたおぼろなものだったのが、今はっきりと現実《げんじつ》の記憶《きおく》になって、木綿子は脳《のう》を内側からゆさぶられるような思いだった。

和也《かずや》さんは、ゆっくりと首をふった。

「……魚。そうか。それなら……」

考えるように、あごにこぶしを当てた。

「ここに来たとき、僕《ぼく》が金色の流れに落ちた……落とされた……とき、何か強い力が、水の流れにさからうような気がした。あ、運ばれる、と思った。時の流れをさかのぼれるような、そういう大きな魚がいるんなら……」

和也さんは、眉根《まゆね》を寄《よ》せる。

「その魚が僕を乗せて、上流へ……過去《かこ》へ泳いだのかもしれない……」

「落とされた？」

木綿子《ゆうこ》は、まずそこが気になって聞き返した。まぶたの裏《うら》に、あのカーネーションの日に川に走り込《こ》んで行った和也さんの姿《すがた》が浮《う》かんだ。

「どこで落とされたの？　金色の流れはどこにあったの？　この川？」

和也さんは、また頭をがしがしかいた。

「この川だ。でも、もっと下流。ほとんど海ってところだった。僕は船に乗ってたんだ。大きな水門があって、それが開くのを待ってて……」

「港にいたのね」

「うん。港から出ようとしてたんだ。海上保安庁《ほあんちょう》の巡視船《じゅんしせん》で。でも、歓迎《かんげい》されてないことはわかってた」

「ええ?」

「いくつかの新聞社やメディアの人間が、体験乗船って形で船に乗ることになってた。新聞社にもいろいろあって、新聞記者にもいろいろいて、僕《ぼく》なんかきっと、まずいことを書くやつだって思われてたんだろうな。つきとばしたヤツは、ちょっと警告《けいこく》しとこうってくらいのつもりだったんじゃないかな」

「つきとばしたって」

木綿子《ゆうこ》は、また聞き返した。「落とされた」とか「つきとばされた」とか、どうしてそんなことをされたんだろう。

「この前、戦争の話をしたよね。戦争へ行って人を殺すなんて、殺されるなんていやだ、って言い続けるっていうようなこと。でも、そういうことを言ったり書いたりする人たちを、おさえこもうとする連中もいるんだよ」

「おさえこむって……？」

和也《かずや》さんは、しばらくだまっていた。

「戦争になんかならない、って言うんだよ、そういう人は。戦争になっても、日本の人は死なない、って言うんだよ。だから、バカなことを書くんじゃない、って」

木綿子《ゆうこ》の頭はこんがらがってきた。

二〇三〇年の日本は、戦争しているのか？　いや、「戦争にはならない」って言う人がいるんだから、していないのか？　しそうになっているのか？　まさか、戦争したがっているのか？

「僕《ぼく》も、うちの新聞社も、たくさんの人にできるだけの情報《じょうほう》を知らせて、それを知った人たちが自分で考えて、自分でものを決める場に参加できるようになればいいと思うんだ。ひとりひとりが、自分の声で意思表示《ひょうじ》できるようにね。そういうことのために役立ちたくて、新聞に記事を書いてきたんだけど」

「……和也さん、もしかして、非国民《ひこくみん》って言われてるの」

和也さんは、ちょっと笑った。

「そのことばは使われないかな。それに、自分じゃ国のことを考えてやってるつもりなんだけどね。でも、よくよく目ざわりなヤツ、って思われていたんだなあ」

たいしたことない、というように、明るい声で和也《かずや》さんは言った。

「かんたんだったと思うよ。言ったろ、水門が開くのを待ってるときに金色の流れを見つけたんだ。あ、あれは、と思ったよ。それで、デッキの手すりから身をのりだしてたんだ。そんなかっこうしてるの見たら、ちょいと押《お》してやりたくなる気持ちもわからないじゃないよね。だれがやったかは見なかった。だれにしろ、港の中だし、すぐ引き上げられると思ったんだろう。もしかしたら、今回の乗船を断《ことわ》られることになったかも。でも、現実《げんじつ》には、僕《ぼく》はこんなところに来てしまった」

和也さんは、きっと、橋の下で少し落ち着いてから、何度も何度もこのことを考えたんだろう。

「でも、そんなにまでして和也さんに『戦争ダメ』って書かれたくないって、どうしてなの。カイジョウホアンチョウって、悪いやつなの？」

和也さんは、声をあげて笑った。

「海上保安庁《ほあんちょう》は公の機関だよ。国がやってるんだ。僕たちは、もっと大きな港で海上防衛軍《ぼうえいぐん》の船に乗り移《うつ》ることになってた。これも国の船だ。でも……」

和也《かずや》さんは、ことばを切って唇《くちびる》をかんだ。

「『みんないっしょ』っていうのは、こわいよね」

しばらくして、言った。

「戦争中は、そういうことが求められていたんだろ。君だって『非国民《ひこくみん》』なんてことばを知ってるくらいだもの。国の方針《ほうしん》とちがうことは、言っちゃいけなかった。国民は『みんないっしょ』の気持ちを持っているはずだったんだからね。あのとき、国は戦争に向かっていたから、それに水をさすようなことを言う人はいらなかったんだ」

木綿子《ゆうこ》は考える。母さんもそういうことを言った。戦争したくなくたって、人を殺したくなくたって、戦争反対、なんて言ったら「非国民」と呼《よ》ばれて特高につかまった……。

そのころ、国は戦争をしたかったのか。

戦争をしたら国民が死ぬのに？　（「日本人は」死なない戦争ってあるの？）

国民がみんな死んじゃったら、「国」なんてなくなっちゃうんじゃないの？

「国」っていうのはなんだろう。「国」が決めるっていうのは、だれか、人間が決めるっていうことで……。

「僕《ぼく》が小さいころ、ものすごい地震《じしん》があった。大きな津波《つなみ》が襲《おそ》って、たくさんの人が亡《な》くなったんだ。僕《ぼく》は、実際《じっさい》の被害《ひがい》の記憶《きおく》はあんまりないけど、大きくなってから映像《えいぞう》や本で、あらためてその地震《じしん》のことを知った」

和也《かずや》さんが言って、ちらりと笑った。

「新聞社って、そういうことを調べるには便利だしね」

地震？

木綿子《ゆうこ》は目を見開く。

未来のいつかに、大地震がくる？

木綿子は地震が大嫌《だいきら》いだ。この大地が頼《たよ》りにならなくなるなんて、どうしたらいいかわからない。

「そんな災害《さいがい》のときには、日本中のいろんな人たちが、つながりあって、ひとつにまとまってがんばろうって思う。社会がそんなふうに変わるんだ。それは良いことなんだ。少しも悪くなんかない。そして、オリンピックがあって『日本がんばれ』ってますますみんなが思う」

地震はなかったけど、オリンピックは今年の秋にある、と木綿子は思った。

和也さんは、視線《しせん》を少し下に落とした。

「それを……なんていうか、『愛国心』とか『公共の利益《りえき》』とかってことばで、『みんな』の方が『ひとりひとり』よりも大事だ、『みんな』とちがうやつはわがままだ、という空気が生まれてしまうと……」

じれったい、というように首をふる。

「みんなでがんばろう、っていう良いことが『みんないっしょ』が大切だ、ってことにすりかえられてしまう。『みんな』だって、『ひとり』の集まりだったはずなのにね。『みんな』とちがう考えの『ひとり』を非難《ひなん》するのが正しいことのようになってしまう。どこかで方向が変わるんだ。良いことが、恐《おそ》ろしいことになってしまう。何が起きているのか、どんな考え方があるのか、いつも気をつけていられるように、そういう材料を、僕《ぼく》たちは新聞で伝えたかったんだ」

木綿子《ゆうこ》は、しばらく考えて、言ってみた。

「和也《かずや》さんは、『みんないっしょ』にしたいって思う人たちが、いらないって思うようなことを、新聞に書いてたの？　ちがう考えを持つ『ひとり』が増《ふ》えたら困るから？　だから、だれかがそういうことをさせないように、おどかしたいと思ったの？」

和也さんは、木綿子の顔を見て、笑顔《えがお》になった。

「頭いいなあ、君は。ちゃんとまとめたね」

えっ。

木綿子《ゆうこ》の頬《ほお》に血がのぼった。

あたし、頭よくなんかない。勉強できないし、学級委員でもないし。

今だって、和也《かずや》さんの言うこと、ちゃんとわかりたいけど、わからない。父さんや母さんが言うように、あたしはまだ大人の話はわからないはずなんだ。いつだって「口を出すんじゃない」って言われるもの……。

でも、和也さんが「頭いい」って言ってくれた。

木綿子は、大人の和也さんが自分に向けて話してくれていることを、本当に、心からわかりたいと思った。

「それじゃ、和也さんは海に落っことされて、あの……未来……では、消えてしまったのかなあ」

「そうなんだろうなあ。ちょっとおどすつもりで僕《ぼく》をつきとばしたヤツ、きっとうろたえてるだろうなあ」

和也さんは、いたずらっ子みたいに笑った。

「和也さんの家では心配してるよね、きっと。奥《おく》さんとか……」

「奥《おく》さんなんかいないよ」

和也《かずや》さんは言って、何十年か先に自分が住むことになる対岸から、空の方に目を向けた。

「でも、両親は心配してるだろうなあ」

対岸の空が、夕方の光を帯びて黄色みをましてきた。

「帰れるといいね」

木綿子《ゆうこ》が言うと、和也さんはうなずいた。

「台風の季節になったら、橋の下にもいられないもんなあ」

たしかにそうだけど、心配するのはそこなのか、と木綿子はなんだかおかしくなった。

あ、あたし、和也さんの話をすっかり信じてる。

時の流れをさかのぼって、未来から来たということの人の話を信じてる。

それは、和也さんの言うほかのことが信じられるからかもしれない。子どものころからの夢《ゆめ》をかなえたということ。戦争はだめだということ。考える材料を人々に伝えたいということ。

何より、金色の流れを知っているということ。

でも、それなら。和也さんの言うことが本当なら。

木綿子は、おそるおそる口を開いた。

「大きい地震《じしん》、来るの？　人が……たくさん死ぬような？」

木綿子《ゆうこ》の口調に不安を感じとったのか、和也《かずや》さんは、安心させるようにほほえんだ。

「日本は火山国だからなあ。そりゃ、地震《じしん》はあるさ。そなえといた方がいい。でも、未来って変わる可能性《かのうせい》があるから、君が大人になるころは僕《ぼく》の来たときとはちがってるかもしれない。もっと小さい地震かもしれないし、時期がずれるかもしれない。本当のところはわからないよ」

そして、また頭をかいた。

「ごめん。地震のことなんて、言わない方がよかったかもしれないね」

木綿子は、笑顔《えがお》をつくった。

「ううん。未来は、変わるかもしれないんだね」

和也さんはうなずいた。

「人の力でいい方向に変えることだって、きっとできる。地震を止めることはできないかもしれないけど、原子力発電所を造《つく》らないとか、そういう運動だって、することができる」

「原子力……発電所？」

「うん。地震でこわれたら、放射能《ほうしゃのう》がもれて大変なことになるから」

地震《じしん》のことから、「原子力」ということばが出てきたのに木綿子《ゆうこ》はとまどった。原子力っていうのは、広島《ひろしま》や長崎《ながさき》に落ちた、あの原子爆弾《ばくだん》のことなんじゃなかったっけ。発電所っていうんだから、まったく別のものなのかな？

そういえば、国語の教科書に「第三の火」という詩が載《の》っていた。あれは、原子力のことを書いた詩だった。人間の知恵《ちえ》と良心をためすのが、第三の火、原子力だ……というようなことが書いてあった気がするけれど。

まだ授業《じゅぎょう》はその詩のところまで進んでいない。木綿子は、国語の教科書だけは、もらったときに終わりまで読んでしまうのだ。

和也《かずや》さんは、地震のことだけを考えているのではないかもしれない、と思った。

「ゆうやけこやけ」の曲が流れてきた。町のあちこちに備《そな》えつけてあるスピーカーから聞こえてくるのだ。

「あっ、五時！」

木綿子は、ぴょんと立ち上がった。

「母さんに、何してたんだ、って怒《おこ》られちゃう」

それでなくても、木綿子は学校や図書館からの帰り道に、歩いたことのないまがり角や路地を見つけると入ってみたくなってしまい、家に着くのがおそくなって叱《しか》られることがときどきある。知らない道はなんだか別の世界に通じているような気がする。いつもの家並《いえな》みをちがう側から見るだけでも、景色は変わってしまうのだ。

別の世界は、橋の下にもあった。

「帰るね。また来るね」

木綿子《ゆうこ》は、スカートのおしりをぱたぱたはたいた。

「うん。怒《おこ》られないといいね。気をつけて」

和也《かずや》さんが、手をあげた。

和也さんは、未来に帰って、「どこへ行ってたんだ」と、父さんと母さんに怒られたいかもしれない、と木綿子は思った。

流れの中で泳ぐこと

授業《じゅぎょう》が終わると、毎日「帰りの会」をやる。

岡部《おかべ》先生が、明日の予定や持ってくるものを伝えたあとは、いつも「何か言いたいことがある人？」とクラスを見まわす。ときどきは「岩崎《いわさき》君が校庭で転んで泣いている一年生を保健室《ほけんしつ》につれていってあげました」なんていう報告《ほうこく》があり、岡部先生がひと言ふた言しゃべることがあるけれど、たいていは何もなく終わる。

でも、今日は敬子《けいこ》ちゃんが手を上げた。

「はい？」

岡部先生がうなずく。

敬子ちゃんが立つとき、ちらりと木綿子《ゆうこ》の方を見たような気がした。

「昨日帰るとき、わたしと知美《ともみ》ちゃんとで、いっしょに帰ろうって木綿子ちゃんをさそったのに、木綿子ちゃんはいやだって言ってひとりで帰ってしまいました」

敬子ちゃんがそう言ったので、木綿子はびっくりして頭の中が真っ白になった。

「せっかくさそってあげたのに、いやだって言うなんていけないと思います。それに、わたしが夕方そろばん教室に行くとき、木綿子《ゆうこ》ちゃんが歩いているのを見ました。もう五時すぎていました。木綿子ちゃんはまだランドセルをしょっていたので、寄《よ》り道をしていたんだと思います。友だちがさそっているのに断《ことわ》って、道草くってるなんて、そういうのはいけないと思います」

みんなが木綿子を見ている。木綿子はだれの顔も見ることができない。敬子《けいこ》ちゃんがすわったのが気配でわかった。

どうして？

どうして？

ひとりで帰りたいと思ったから、ひとりで帰った。そりゃ、和也《かずや》さんのところに寄り道はしたけど（そしてやっぱり母さんには怒《おこ》られたけど）、どうして敬子ちゃんにそれをとがめられなきゃならない？

それに「友だち」って言うけど、敬子ちゃんも知美《ともみ》ちゃんも、あたしのことなんかたいして好きじゃないのわかってる。いっしょに帰りたくてさそったんじゃなくて、さそうべきだと思っただけなんだ。さそいたくない人を、さそわなくてもいいのになあ。ほんとはいっしょに帰りたくなんかなかったくせに、断《ことわ》られて怒《おこ》るなんて、変だなあ。

となりの席の岩崎《いわさき》君が、木綿子《ゆうこ》を見ているのがわかった。横目でそっちを見ると、岩崎君はにやりと笑った。

「ばっかみたい、な?」

それは、木綿子じゃなくて敬子《けいこ》ちゃんに対して言ったのだ、となんとなくわかった。木綿子はそっと息を吐《は》いた。

木綿子はだまってうなずいた。口を開くと変な声になってしまいそうな気がした。

「うーん」

岡部《おかべ》先生が、困《こま》ったように笑った。

「そうね、まあ、みんな仲良くしよう」

ははは、とだれかが笑った。敬子ちゃんは不満らしく、もう一度立ち上がろうと身構《みがま》えている。

「菱田《ひしだ》さん、ちょっと残ってね」

岡部先生が、木綿子に言った。

「はい」

木綿子《ゆうこ》はなんとか返事した。

「それじゃ、遅《おそ》くなるからここまでにしよう。道草はしないでね」

今度は何人かが、ざわざわと笑った。


岡部《おかべ》先生の机《つくえ》のそばに行くと、先生はシャツの胸《むね》ポケットから「わかば」を出してくわえ、火をつけた。

「菱田《ひしだ》さん、ずいぶん本を読んでるよね」

「はい」

木綿子は、どうして本の話になるのかわからないまま答えた。

「菱田さんは、本を読むことで、いろんなことを頭の中で経験《けいけん》してきたと思うんだ」

先生は、ふうっと煙《けむり》を吐《は》き出す。

「だから、世の中いろんな人がいて、いろんなやり方があるってことを知っていてもいいよね」

先生の目は、思いのほか優《やさ》しい。

「正直に思うところを言うのは一番いいけど、一番自分本位のやり方でもあるね。だって、そういうことばを受け止めることができる相手ばかりじゃないものね。物語の中にも出てくるだろ、正直に本当のことを言われて怒《おこ》る人。正直なことばを聞きたいんじゃなくて、自分が言ってほしいことばを期待してる人」

木綿子《ゆうこ》はうなずいた。先生からこんな話をされるとは思っていなかった。

「自分が正直ならいい、っていうのも、ある意味頭が固いんだよ。せっかくいろんな本を読んで、物語の中で大勢《おおぜい》の人に会ってるんだ。そういう物語の登場人物から、ちょっと大人の対応《たいおう》を学びなさい」

木綿子はなんだか泣きそうになったけれど、こらえた。

「はい」

「お母さんに頼《たの》まれた用事がある、とかなんとか言ってもいいじゃないか。親が承知《しょうち》なんだから寄《よ》り道じゃないよ、とかさ」

でも、それはうそなんだよ。

「うそをついてもいいんですか」

岡部《おかべ》先生は笑った。タバコの煙《けむり》がふわっと広がった。

「うそをつくのはいやなんだね。いやな気持ちになる？」

「はい」

「でもね、菱田《ひしだ》さんに正直に言われて、敬子《けいこ》ちゃんはいやな気持ちになったんだろ。そんなら、菱田さんの方がちょっといやな気持ちを引き受けて、そのかわり思うとおりにしたらいいんじゃないか」

木綿子《ゆうこ》は、目をぱちぱちさせた。うそはいけないって、学校でも家でも言われているけれど、岡部《おかべ》先生は、なんだかうそと本当の間を通れ、と言ってるみたいだ。

「まあ、菱田さんが決めたらいいよ。正直が悪いはずはない。ちょっと面倒《めんどう》を避《さ》けるのだって悪くはないと、僕《ぼく》は思うけど、感じ方は人それぞれだからね」

人それぞれ。

何をおいしいと思うか、人によってちがうみたいに。

「みんないっしょ」じゃないのが、当たり前なんだ……。

「それから、道草はやめときなさい。お母さんが心配するだろ」

「はい」

昨日は、母さんだけでなく、おばあちゃんにも、先に帰っていた麻子《あさこ》姉ちゃんにも怒《おこ》られた。

「しかしまあ、女子っていうのはやっかいだなあ」

岡部《おかべ》先生は三十代半ばで、これまで受け持たれた先生の中では一番若《わか》いと思う。木綿子《ゆうこ》たちは、クラスは五、六年と持ち上がったけれど、担任《たんにん》は今年から岡部先生になった。五年のときの先生が家の事情《じじょう》で退職《たいしょく》したからだ。五十歳《さい》くらいの女の先生だった。

「ほかに何かあるかい」

岡部先生は、タバコを灰皿《はいざら》でもみ消しながら言った。

先生に聞いてみたい。昨日和也《かずや》さんが言ったこと。自分がちゃんと理解《りかい》していないようで、なんだか和也さんに申《もう》し訳《わけ》ない。

けれども、学校の勉強以外のことを「先生」という人種に聞くのはためらいがある。四年生のとき（給食で残された先生のときだ）雑誌《ざっし》で小惑星《しょうわくせい》のことを読んだ。何十年か先に、イカロスという名前の小惑星が地球に衝突《しょうとつ》するかもしれないという。そうなったら、地震《じしん》だの大《おお》津波《つなみ》だの、大災害《だいさいがい》が起きて、地球はとんでもないことになる。

木綿子は、とにかく地震がこわいのだ。昨日も、母さんたちに怒《おこ》られるのがおわってから、こっそりお話を書きためているノートのすみに「大地震がくる。でも、未来は変わるかもしれない」と書いた。おまじないのように、ひっそりと書いた。

イカロスが落ちてきたらどうしよう。

そのときは、科学技術《ぎじゅつ》のことも、未来が変わる可能性《かのうせい》も知らず、不安で不安でたまらなかったので、木綿子《ゆうこ》は思いきって先生に聞いてみた。この先生は四十代の女の先生で、体格《たいかく》といい顔つきといい、こわいものなどなさそうだった。

「星が地球にぶつかる?」

先生は、眉《まゆ》をしかめて言った。

「そんなこと、だれが言うんですか」

木綿子が、口ごもりながら雑誌《ざっし》(実を言えば、少年漫画《まんが》の週刊誌《しゅうかんし》だった)に書いてあったと言うと、先生は、ふんと鼻をならした。

「そんな雑誌は、おもしろおかしくいろんなことを書くんです。本当のことなんか書きません。菱田《ひしだ》さんもくだらないものを読まずに、もう少し勉強しなさい」

木綿子の中では、先生が「本当じゃない」と言い切った安心感と、それでも漫画雑誌だってうそばかりじゃないだろうという不安が、六対四くらいで落ち着いた。それと同時に、先生に何か聞くというのは、お説教とか質問《しつもん》とか、ちょっとやっかいなものを覚悟《かくご》しなきゃならないってことだな、とも思った。

「先生」

木綿子《ゆうこ》は、思い切って口を開いた。

「なんだい？」

「あの、海上防衛軍《ぼうえいぐん》って」

先生の目が大きくなる。

「海上防衛軍って……今、どういうことしてるんですか」

昨日、和也《かずや》さんは「大きな港で海上防衛軍の船に乗り移《のりうつ》る」と言った。国の船だ、と。

「そりゃまた、いきなり飛躍《ひやく》した質問《しつもん》だけど」

先生は、考えるように木綿子《ゆうこ》を見た。

「そういうものはないよ、日本には」

え？

「自衛隊《じえいたい》ならある。海上自衛隊だね。自衛隊、知ってるだろ」

木綿子はうなずいた。富士山《ふじさん》の裾野《すその》に、自衛隊の大きな演習場《えんしゅうじょう》がある。

「どこでそんなことば、聞いたの」

未来から来た人、とは言えなかった。

「あのう、どこかで聞いた……読んだ……ような気がする……」

「日本には軍隊はないからね」

先生は、はっきりと言った。

「平和憲法《けんぽう》のもとで、戦争はしないってことになったからね。もう『軍隊』って名のつくものは持たない、戦前には戻《もど》らないってつもりで、みんながんばっているんだよ。戦後、『あたらしい憲法のはなし』っていうのを社会の授業《じゅぎょう》でやったんだ。僕《ぼく》は中学生だった。日本は二度と戦争はしない、そしてそれは正しいことで、正しいことは軍隊より強い、と教わったんだ」

戦争はしないことになった。でも、和也《かずや》さんは二〇三〇年の未来で「戦争はだめだ」って言っている……？

これからの六十六年で、何か変わるものがある……。

「……先生は、戦争のときいくつだったんですか」

「うーん、ちょうど今の菱田《ひしだ》さんたちくらいかな。小学校の……そのころは、国民学校と言ったんだけど、高学年だった」

「戦争、こわかったですか」

木綿子《ゆうこ》は、いつかの橋の上の女の人を思い出しながら聞いた。

「こわかったけれど、僕の家のあたりは田舎《いなか》だったから、空襲《くうしゅう》も直接《ちょくせつ》はなかったんだ。東京からの疎開《そかい》児童を受け入れていたくらいだからね。ああ、そういえば」

先生は、もう一本「わかば」を取り出した。

「戦争の終わる前の年だったな。十二月だ。大きな地震《じしん》があったんだ」

あ、また地震の話だ。

木綿子《ゆうこ》は思う。

やっぱり大地がふるえるのは、何か大事なところがゆらぐってことなのかもしれない。

先生は、タバコのはしをとんとんと机《つくえ》にうちつけた。

「静岡《しずおか》県、愛知《あいち》県、三重《みえ》県……それから、長野《ながの》県あたりでも被害《ひがい》は出たんだったかなあ。かなりの地震でね、学校の古い校舎《こうしゃ》がつぶれて、下敷《したじ》きになった生徒たちが亡《な》くなったんだよ。その中には、疎開で来ていた東京の子たちもいたんだ。僕《ぼく》は高学年だったから、勤労奉仕《きんろうほうし》で近くの畑に行っていて無事だったけど」

先生は、タバコに火をつける。

「そんなふうに大きな地震だったのに、新聞にはほとんど報道《ほうどう》されなかったんだ。そのころ、天皇《てんのう》は神様ってことになっていて、神様の国、神風に守られた国日本で、罪《つみ》もない子どもたちが死んだなんてことは、報道しちゃいけなかった。警官《けいかん》が村を自転車で走りまわって、外から来た者に聞かれても、地震《じしん》のことは言うな、とふれて歩いたよ。疎開《そかい》の子たちの親だって、自分の子どもが死んだことを、なかなか教えてもらえなかった」

木綿子《ゆうこ》は、目を見開いて先生を見つめた。

「こわいだろ。もう少し大きくなってから、戦争でこわいのはこういうことだと思ったよ。国《こく》威発揚《いはつよう》のためなら、犠牲者《ぎせいしゃ》がたくさん出た災害《さいがい》さえ人々に知らせないで、なかったことにしちゃう。死んだ子どもも、倒《たお》れた学校も、目の前にあるのに『ない』って言うんだ。それが、今思えば戦争でこわかった思い出かなあ」

国が「いらない」と思うようなことは、新聞に書くことができない。

和也《かずや》さんが昨日言ったことと、今聞いた先生の話。六十六年先の未来と、過去《かこ》の戦争のときと、ふたつはなんだかとてもよく似《に》ているような気がする。

あふれる水

「戦争したいと思う人間がいるなんて、僕《ぼく》は信じられなかった」

和也《かずや》さんは言った。

「戦争が始まるのは、だれかが戦争したい……そうでなくても、戦争した方がいい、と思うからなんだろう」

「うん」

木綿子《ゆうこ》はうなずく。

「そういう人たちは、たいてい自分は戦場で戦ったりはしないんだけどね」

「どうして戦争しよう、なんて思うんだろ」

木綿子は唇《くちびる》をとがらした。

「領土《りようど》とか資源《しげん》とか……お金のためだろうな。それから、平和のためだ、って言う人もいる。国の平和のために、戦わなくちゃいけないんだ、って」

「平和のための戦い……」

木綿子《ゆうこ》の唇《くちびる》がさらにとがると、和也《かずや》さんはちょっと笑った。

「僕《ぼく》も、平和のために戦いたいと思う。でも、そのとき使う武器《ぶき》は『ことば』なんだ。情報《じょうほう》を伝えて、書いて、発言することで戦うんだ」

「ペンは剣《けん》よりも強し、ってこと？」

和也さんは笑顔《えがお》になった。

「よく知ってるね。でも、これを逆《ぎゃく》に使われることもあるんだ」

「逆？」

「戦争したいと思う人だって、ことばを使うからね。国同士で問題が起きたとき、それでも戦いたくない、という人たちのことを『愛国心がないからだ』と批判《ひはん》する。つまり『非国民《ひこくみん》』だ、って言うんだよね。そして、積極的に平和を求めるなら、戦争もやむを得ないんだ、と思わせる……」

和也さんは、何か考えるように遠くを見つめた。

木綿子は川の流れを見ていた。そして、ふと思い出した。

「あ、海上防衛軍《ぼうえいぐん》てなに？　そういうのはないって、先生が……」

先生に聞いた、ということを和也さんに知られるのはなんだか気後《きおく》れがして、木綿子は途《と》中《ちゅう》でことばをにごした。

和也《かずや》さんは、頭をがしがしとかいた。

「僕《ぼく》、言ったっけ、そんなこと」

「うん。大きな港でその船に乗るって」

「うーん、そうかあ」

和也さんは、困《こま》ったように組んだ足をぶらぶらさせた。それから、困った顔のまま木綿子《ゆうこ》の方を向いた。

「君は、きっと忘《わす》れないんだろうな。僕も、言っちゃったことは取り消せない。……でも、僕が説明してもいいのかどうか、わからないんだ。だって、まだ起きていないことだから」

木綿子は、うつむいてしまった和也さんを見た。

もっと聞いたら、和也さんを困らせることになる？　それとも、困ることになるのはあたし？

「平和憲法《けんぽう》のもとで、もう『軍隊』っていうものは持たないんだよね？　先生が……」

木綿子はまた言いよどんで、それから覚悟《かくご》を決めてはっきり言った。

「先生がそう言ってた。戦前にはもどらないつもりでがんばってる、って。正しいことは軍隊より強いんだって。それなのに……未来では、正しいことが変わってしまうの？」

和也《かずや》さんは、唇《くちびる》をかんで、しばらく足もとを見ていた。

「そうか。戦前にもどらないつもりでがんばってる」

つぶやいて、それから顔を上げて木綿子《ゆうこ》を見ると、にっこり笑った。

「今ここは、一九六四年は、そういう時代なんだね。みんなが平和に向かって、元気なときなんだね」

木綿子は、どう答えたらいいかわからなくて、目をぱちぱちさせた。

「僕《ぼく》がここに来たのは、それだからなのかな。時代の元気を感じるためだったのかな」

和也さんはそう言って、川の方を見つめた。

今が「元気な時代」かどうか、木綿子には判断《はんだん》がつかない。そして、もし和也さんの未来が元気じゃない時代だとしても。

……未来は、変わるかもしれないんだよね？

川は、いつもと同じように流れていく。金色はどこにも見えない。

「君には、ちゃんと言わなきゃね」

和也さんが言った。

「僕《ぼく》がいた二〇三〇年の話をするよ。どんな町に住んでたか話をするよ。それから、僕が習った憲法《けんぽう》の話。だって、僕にはもう責任《せきにん》があるから」

もう責任がある。

木綿子《ゆうこ》は、和也《かずや》さんの話を聞きたかった。それと同時に、聞くのがこわいような気もした。聞いたら、木綿子自身も何かの責任を負わなくてはならないのではないかと思った。

責任を持つって、あたしにちゃんとできるだろうか。

青山《あおやま》高校のボートが川を下っていく。青山高校は、木綿子が三年生のころまでは小学校へ行く途中《とちゅう》の大きな道路沿《ぞ》いにあった。山の方に新校舎《しんこうしゃ》ができて移転《いてん》してからも、ボート部の部室は図書館の近くの川べりにあり、生徒たちは放課後この川までやってきてボートを漕《こ》ぐ。

「何から話したらいいのかな」

和也さんが、目でボートを追いながらつぶやいた。川を下るボートは、未来へ向かうわけではないのだけれど。

「友だちがボート部だった」

そう言って、和也さんは、木綿子の方を見てちょっとほほえんだ。

「まず、整理してみる。君のためってだけじゃなくて、僕自身のためにもその方がいいと思うんだ。事実として知ってることと、自分がイメージしてることを、分けて考えなくちゃいけないと思うから」

事実と、イメージ。

木綿子《ゆうこ》は、和也《かずや》さんの顔を見返した。

「僕《ぼく》は今まで、自分の思ったことばかりを君に話してきただろ。だから、君を不安にさせたりしたんだろ。こういう事実があった、って、まず伝えないといけなかったよね。ジャーナリスト失格《しっかく》だな。でも、難《むずか》しいけど、整理する。この次君が来たら、きちんと話せるように」

この次。

木綿子はうなずく。

今日はいったん家に帰ってから来たので寄《よ》り道ではないけど、あまり遅《おそ》くなるのはやっぱりまずい。

木綿子は立ち上がって、もう一度川の方を見た。青山《あおやま》高校のボートはもう見えない。

金色の流れを見つけたら、和也さんはそこに飛《と》び込《こ》んで未来へ帰るつもりなんだろうか。飛び込むだけじゃだめなんだ。何かきまりがあるんだろうか。あたしたちのほかにも、あの流れに気づいている人はいるんだろうか。

橋の下を出てコンクリート壁《へき》をよじのぼり、土手の上に出たら、そこに絹子《きぬこ》姉ちゃんがいた。

「絹子姉ちゃん……」

高校の帰りなのだ。制服《せいふく》にかばんを下げている。

絹子姉ちゃんは、こわい顔をしていた。

「木綿子《ゆうこ》」

それでも、静かな声で言う。

「橋の下の浮浪者《ふろうしゃ》のところなんかで、何してたのよ」

木綿子は答えようとして口を開き、なんと言っていいかわからなくて、また閉《と》じた。

「橋をわたってるときあんたが見えて、びっくりしちゃった。あんた、まさか、あの人にさわったりさわられたりしてないよね？　あの人は不潔《ふけつ》で、真っ黒で、バイ菌《きん》だらけだって、あたし言ったよね？」

「さわってない。でも、不潔じゃないよ。あのね、いい人なの」

「何言ってんの。いい人は、橋の下なんかに住まない」

絹子姉ちゃんは、木綿子の肩《かた》をつかもうとして手をのばし、ちょっとためらってやめた。バイ菌が自分の手につくと思ったんだろう。

「ほら、歩きなさい。家に帰るんだから」

絹子《きぬこ》姉ちゃんは、木綿子《ゆうこ》を連行するかのように、少し前を歩かせながら、自分はあとからついてきた。

「家に帰ったら、服全部着替《きか》えなさい。それから、母さんに言うからね」

「でも……」

「『でも』じゃない。橋の下には変な人がいるから行くなって言われてたじゃないの。あんたね、ほんとになんにもされなかったのよね？　だとしたら運がよかったんだ。浮浪者《ふろうしゃ》のところなんかにいて、殺されたって文句《もんく》言えなかったんだよ」

木綿子は激《はげ》しくかぶりをふった。

「殺されるって、あの人に？　殺さないよ！　あの人、殺しちゃだめだって話をしてくれてたんだから！」

絹子姉ちゃんは、まじまじと木綿子の顔を見た。

「話をしてくれてたって、あんた、どのくらいあそこにいたの。ほんっとに、いったい何やってんのよ、もう来年は中学生なのに！」

絹子姉ちゃんは、木綿子が興味《きょうみ》本位で、ちょっとむしろ小屋をのぞきに行った、くらいに考えていたらしい。

「だって、あの人……」

未来から来た。時の流れを待ってる。たくさんの人に、ことばを伝えようとしてる。それはなんにも悪いことじゃないのに、なんだかあの人は危《あぶ》ない目にあってるような気がする。船から落とされたんだって。そして……そして……

どんなふうに話をしても、絹子《きぬこ》姉ちゃんが信じて聞いてくれるとは思えなかった。それどころか、話せば話すほど、和也《かずや》さんをますます変な人だと思ってしまいそうだった。

「ほらっ、歩いて！　そして、ねえ、ちゃんと話してごらん。このままじゃ、母さんに叱《しか》られるよ。わたしも説明してあげたいけど、これじゃ全然味方になってあげられないもん」

和也さんは、昔で言えば「非国民《ひこくみん》」みたいな……ああ、だめだめ、こんなこと言えない。和也さんは、それにあたしだって、まちがったことをしてるわけじゃないのに、わかってもらえない。

「言わなきゃなんないこと言わないでいて、わかってちょうだいなんて、そんなんじゃだめなんだよ。もう六年生でしょ。あたしを見なさいよ。六年のときは児童会長やって、子ども会長やって、鼓笛隊《こてきたい》の隊長やって、あんたのめんどうだって見てたんだからね！　そんなんだから、末っ子の甘《あま》えん坊《ぼう》はダメなんだ！　もうちょっとちゃんとしなきゃ……」

「だって、あたしは橋の下の子だもん！」

木綿子《ゆうこ》は、絹子《きぬこ》姉ちゃんをさえぎった。

「絹子姉ちゃんがそう言ったんでしょ！　だから、橋の下に行ったんだ！　あたしは末っ子の甘《あま》えん坊《ぼう》になんかなりたくなかったんだもん！　橋の下の子の方がいいんだもん！　あたしのこと決めないで！　ダメだとか言わないで！　ひ、ひ、ひと、それぞれなんだもん！」

言いながら、涙《なみだ》があふれてきた。自分でも、支離滅裂《しりめつれつ》なことを言っていると思った。

ああ、やっぱりあたしはダメなのかもしれない。ちゃんとものも言えないで。

道を行く人たちが、ふたりの方をちらちらと見る。

「おい、絹ちゃん、どうしたの」

八百屋の徳《とく》ちゃんだ。オート三輪の窓《まど》から顔を出して、こっちを見ている。

「なんでもない！」

絹子姉ちゃんは、徳ちゃんににっこり笑ってみせた。なんでも、徳ちゃんは中学のとき、ひそかに絹子姉ちゃんが好きだったらしい。（木綿子が知っているくらいだから、ちっとも「ひそか」ではないけれども）

「木綿子《ゆうこ》がわがまま言って……。みっともないからやめなさい。ほら、帰るよ。徳《とく》ちゃん、ごめんね。ありがと」

絹子《きぬこ》姉ちゃんは覚悟《かくご》を決めたらしく、木綿子の手首をつかんでぐんぐん歩き出した。あとで念入りに手を洗《あら》うんだろう。

「もう、『橋の下の子』なんて、冗談《じょうだん》に決まってるじゃないの。冗談が通じないなんて、一番つまんない人間だよ！」

木綿子は、ぐすぐすすすりあげながら、絹子姉ちゃんにひっぱられるままに歩いた。

冗談だなんて、わかってる。

わけのわからないこと言ってるの、わかってる。

でも、和也《かずや》さん、ごめん、ごめん、ごめん。

木綿子は、絹子姉ちゃんの頭の中の、不潔《ふけつ》で真っ黒で子どもに悪いことをする和也さんの姿《すがた》を、なんとかして消してしまいたかった。

「まったく、何考えてるのかわからないよ、あんたって子は！」

母さんは確《たし》かに怒《おこ》ったけれど、予想していたよりは冷静だった。間に絹子姉ちゃんがいたからかもしれない。

母さんは、絹子《きぬこ》姉ちゃんの言うことはかなり尊重《そんちょう》している。母さんの中に「絹子基準《きじゅん》」というのがあるらしく、木綿子《ゆうこ》が言った何かについて「絹子姉ちゃんならそんなこと言わないよ！」とつっぱねられたり、「絹子姉ちゃんもいいって言ってたよ」と受け入れられたりすることがある。

絹子姉ちゃんは長女だから、やっぱり母さんは一番信頼《しんらい》しているんだ、と木綿子は思う。だとすると、あたしはいつも、いつまでも、三人の中では三番目なんだ。これは一生変えようがない。

「まあね、何もなかったみたいだし」

絹子姉ちゃんが言いかけると、母さんが、きつい声をぴしりと打《う》ち込《こ》んだ。

「当たり前です！」

「話をしただけだって。ね、木綿子」

絹子姉ちゃんは、自分の「橋の下から拾ってきた子」発言を、ほんの少しだけ反省したのかもしれない。土手からの帰り道より優《やさ》しかった。

「なんの話をしたっていうの」

母さんが木綿子《ゆうこ》の顔を見た。木綿子は困《こま》って下を向く。

「浮浪者《ふろうしゃ》なんかと、何話すっていうのよ。言ってごらん。それとも、親にも言えないような、いやらしい話をしたの？」

木綿子は首をふる。でも、母さんが何を心配しているのか、やっとわかってきた。

「子どもに変なことをする」というのは「いやらしいことをする」という意味なのだ。

本をたくさん読んでるんだから、そのくらいさっさと思いつきなさい。

岡部《おかべ》先生ならそう言うかもしれない。

「ちがう……」

「じゃあなんなの！　言いなさい！」

母さんの声がすごみを増《ま》したところで、玄関《げんかん》のガラス戸が開いて「ただいまあ」と声がした。

麻子《あさこ》姉ちゃんだ。生徒会の仕事があって、このごろ少し遅《おそ》い日が続いている。もうすぐ生徒会選挙があって、二年生に引《ひ》き継《つ》ぐ準備《じゅんび》をするのだ。

「ただいま……。あれっ、なに？　木綿子、どうしたの？」

「お帰り」

絹子《きぬこ》姉ちゃんが言った。

「お帰りっ」

母さんが、怒《おこ》ったままの声で言った。

「へえ、木綿子《ゆうこ》、また怒《おこ》られてるの。何やったのさ」

「また」というのは（思い当たることがいくつかあるにはあるけれど）たぶん、この前遅《おそ》く帰って来たときのことだろう。

「橋の下の浮浪者《ふろうしゃ》のところへ言って、しゃべったりしてたんだって」

絹子《きぬこ》姉ちゃんが、小さい声で言った。

「へえっ、あの人、女の子の前でズボン脱《ぬ》いでみせたりするって……」

「麻子《あさこ》！」

「しないよ！」

母さんと木綿子が、同時に声をあげた。

「そんなことしないもん！　あの人は、戦争はいけないって言っただけだよ。戦争で人を殺したりしちゃだめだって。国が『いらない』っていうことを言っても、非国民《ひこくみん》じゃないって」

ああ、うまく言えない。これじゃ、ますますわからない。

「ほんとに、おまえ、何やってたの」

母さんが、大きくため息をついた。

「まったく、こんなこと父さんに聞かせられやしない。アカみたいなこと言って。あの浮浪者《ふろうしゃ》はアカなんだわ。そして、あんたはバカなんだよ。あれこれしょうもないこと吹《ふ》き込《こ》まれて」

アカの意味はよくわからなかったけれど、木綿子《ゆうこ》は首をふった。

あたしはバカじゃない。和也《かずや》さんは、あたしのこと、頭がいいって言ってくれた。母さんも、父さんも、お姉ちゃんたちも言ってくれなかったこと。

「だって……だって、戦争はだめだっていうのは、まちがってないんでしょ?」

木綿子は、やっとそう言った。

「なんでそんな話、よく知りもしない人とするのよ?」

絹子《きぬこ》姉ちゃんが、あきれたように言う。

「だって」

涙《なみだ》が、まぶたの裏《うら》をちくちく刺《さ》した。

「だって……父さんは、中国人の首を斬《き》ったんだもの。戦争だったから……だよね? でも、そのこと、どうしたらいいかわからなかった……」

「戦争中なんだから仕方ない、当たり前のことだ、って言ったでしょ! だれも、そんなこと、やりたくてやるわけないでしょ！」

母さんが、本気で怒《おこ》った声を出した。これまでも怒っていたにはちがいないけれど、今や危《き》険《けん》を感じるくらい怒っていた。

「でも、あたしは人殺しの子なんだよ！　あたしだけじゃない、絹《きぬ》子《こ》姉ちゃんも、麻《あさ》子《こ》姉ちゃんも、人殺しの娘《むすめ》なんじゃないか！　和《かず》也《や》さんは……」

母さんにほっぺたをぶたれたので、ことばがとぎれた。

「もういい！　お国のために戦争に行った父さんのことを『人殺し』だなんて、よくも言えたね！　だれに育ててもらってると思ってんの！　父さんが殺されてたらよかったっての⁉　戦時中のことなんかなんにも知らないくせに、屁《へ》理《り》屈《くつ》ばっかり！　もうそんな話聞きたくないからね！　だまんなさい！　おだまり！」

だまれと言われなくても、もうしゃべれなかった。あとからあとから涙《なみだ》が出てきて、ぶたれたほっぺたはじんじん熱くなって、のどの奥《おく》から嗚《お》咽《えつ》がこみ上げてきた。

母さんが、どすどすと足を踏《ふ》みならして玄《げん》関《かん》の方へ行った。（そっちに電話が置いてあるからだった、ということにはあとから気づいた）

麻子姉ちゃんが、静かに立ち上がった。手を洗《あら》って着《き》替《が》えをするのだろう。絹子姉ちゃんも、いつのまにか出て行った。

木綿子《ゆうこ》はひとりで、六畳間《ろくじょうま》のすみで泣いていた。和也《かずや》さんがくれた、あの冷たくなる白い袋《ふくろ》を思い出した。

和也さんは優《やさ》しいのに。いい人なのに。

そう思うと、よけい涙《なみだ》が出てきた。

あたしは、どうして怒《おこ》られるようなことをしちゃうのかな。あたしがいいと思ってすることを、母さんはどうしていけないと思うのかな。母さんが正しくて、あたしがまちがってるの？

母さんの言うことと、あたしが正しいと思うことと、ちがうときにはどうしたらいいの。

正しいと思うことを言った人たちが「非国民《ひこくみん》」と呼《よ》ばれていたとき、戦争に行くことが正しいと思った人たちもいた。そして、戦争で死ぬのも、死なせるのもいやだけれど、そうは言えなくて、そうしないと怒られると思ったからいやいや行った人もいたんだ。あたしも、いやいやでも母さんの言うとおりにした方がいい？

なんだか、頭の中の考えがあっちこっちへ向いていく。

あたしはね、母さんや父さんやお姉ちゃんたちが思っているより、ちょっとだけましな子なのかもしれないんだよ。そうだったらいいなと思うんだよ。だって、和也さんは、大人を相手にするみたいに、きちんとあたしと話をしてくれた。「君にはちゃんと言う」って言った。

ああもう、ほんとに、泣くのはやめにしなくちゃだめだ。絹子《きぬこ》姉ちゃんじゃないけど、言わなきゃならないことも言えないで泣いてばっかりいたら、本当に甘《あま》えん坊《ぼう》って言われちゃう。

あたしは、甘えん坊になんかなりたくないんだ。

和也《かずや》さんが話してくれたこと。まだ話してもらってないこと。あたしには、わからないことがたくさんある。それでも、心からわかりたいと思う。和也さんが「非国民《ひこくみん》」になる未来が、いつか来るんだろうか。もしそんなことになるなら、あたしは和也さんを「非国民」にしないために、何をすればいい？　何ができる？

「未来は、人の力でいい方向に変えることだって、きっとできる」

和也さんのことばが、ふっと胸《むね》の中に灯《とも》った。


不意に、後ろから何かが差し出された。冷たい気配がした。

「小豆《あずき》とミルク、どっちがいい」

麻子《あさこ》姉ちゃんが、両手にアイスキャンデーを一本ずつ持っている。絹子姉ちゃんがその後ろにいて、小豆のキャンデーをなめていた。

「ミルク」

鼻がつまって、うまく声が出なかった。

「じゃあ、ミルク」

木綿子《ゆうこ》は、アイスキャンデーを受け取った。冷たくて、甘《あま》かった。

このアイスキャンデーは、三軒《げん》おいたとなりのおばあさんが作っている。広い土間に、まがりくねったパイプだの、不思議な形の缶《かん》のようなものを組み合わせた年代ものの「アイスキャンデー製造器《せいぞうき》」がすえつけてあって、非常《ひじょう》にものものしい雰囲気《ふんいき》の中で、この小豆《あずき》とミルク、二種類のアイスキャンデーが作られているのだ。まんなかの棒《ぼう》は、一本ずつにした割《わ》りばしで、たまに「小林」という判子《はんこ》をおした棒に当たることがある。これはまさに「当たり」で、その割りばしを持っていけば、もう一本キャンデーがもらえるのだ。おばあさんは、そのとおり「小林さん」というのだけれど、子どもたちの間では「キャンデ屋のおばあちゃん」で通っていた。

絹子《きぬこ》姉ちゃんも、麻子《あさこ》姉ちゃんも、何かをなんとかしなくちゃ、と思って、アイスキャンデーを買ってきてくれたんだ。

そう思ったから、木綿子はだまってキャンデーをなめた。食べ物につられておとなしくなったと思われてもいい。

「でもさあ、あんた、こわくなかったの。橋の下の人なんかとしゃべって」

麻子《あさこ》姉ちゃんが言った。木綿子《ゆうこ》は首をふった。

「だって、普通《ふつう》の人だったんだもん」

「普通じゃないよ、橋の下なんかに住んでて。それに、全然知らない人じゃない」

木綿子はそこでことばにつまる。いっしょに金色の流れを見たから、なんてことを言って、麻子姉ちゃんにわかってもらえるとは思えない。

「もうしちゃだめよ。普通に見えたって変な人はいるんだから。変な人が、みんな変なかっこうしてるわけじゃないからね」

絹子《きぬこ》姉ちゃんが言う。

「それに、なんで戦争の……父さんの話なんかするのよ」

「それは……それは、だって、父さんだって、戦争の話をするじゃない」

木綿子が言うと、絹子姉ちゃんはちょっとこわい顔をした。希望通り学校の先生になったら、生徒はきっと絹子姉ちゃんのこういう顔をたびたび見るんだろう。

「家族に思い出話をするのと、赤の他人にいきなり戦争の話をするのとはわけがちがうわよ。

それに、父さんがお酒を飲んで言うことは、聞いておけばいいの。話をしたいんだから、聞いてあげるの。戦争のときに、本当は何を感じて、何を思ったかなんて、わたしたちにはわかりようがないんだからね」

「うん……」

ただ聞いておく。それが、絹子《きぬこ》姉ちゃんの考えた「正しい方法」なのか。

「オリンピックだってあるのに、過去《かこ》のことばっかりふりかえってないで、前に進まなきゃだめなんだよ。世界中から日本に人が来るんだもの、いつまでも戦争のことひきずってられないでしょ。世界が参加するお祭りをやるんだよ」

「それにね、父さんのこと、人殺しだなんて言うけど、あんただって殺されそうになったら、そして武器《ぶき》を持ってたら、きっと相手を殺すに決まってる」

絹子姉ちゃんに続けて、麻子《あさこ》姉ちゃんが言った。

「ええ、あたし……」

「殺すくらいならだまって殺される？　そんなきれいごとはやめてよね。あんたも殺すよ、絶《ぜっ》対《たい》」

殺されそうになったら殺す？　絶対？

「あたしがどうするか、麻子《あさこ》姉ちゃんが決めてくれなくてもいいよ」

木綿子《ゆうこ》は、ちょっと勇気を出してそう言った。

「へええ、生意気言って」

麻子姉ちゃんは、アイスキャンデーを一口かじりとって、もごもごと言った。

「みんな同じよ。殺すか殺されるかだったら、絶対《ぜったい》相手を殺そうとするよ。生きていたいもの、当たり前じゃん」

みんな同じ。

ううん、みんなが同じはずはない。

木綿子はわからなくなる。死にたくなんかない。殺したくもない。

溶《と》けたミルクが、割《わ》りばしをつたって指に落ちてきた。

「とにかくね、浮浪者《ふろうしゃ》なんかに家でのこと、ペラペラしゃべんないの」

絹子《きぬこ》姉ちゃんがにらむ。

「うーん、でもね、でも……」

木綿子は、アイスキャンデーを下からなめて、ちょっと考えた。

「あんたが『でも』ばっかり言うって、母さんがぶつぶつ言ってた。たまにはすなおに『はい』って言えないの？」

絹子《きぬこ》姉ちゃんが、やれやれ、というふうに頭をふった。

「でも、なにさ？」

麻子《あさこ》姉ちゃんが、けしかけるように言う。

木綿子《ゆうこ》は、息を吸《す》い込《こ》んだ。本当のことを言ってもっと怒《おこ》られることって、あるかな……？

「……未来から来て、いろんなことを知ってる人にだったら、聞いてみたいことや話してみたいこと、たくさんあるじゃない……？」

「未来？」

「なによ、それ」

絹子姉ちゃんと麻子姉ちゃんが、いっしょに声をあげた。

「あの浮浪者《ふろうしゃ》、そんなこと言ったの？　自分は未来からきました、なんて」

「あんた、役にもたたない本だとか、テレビの『鉄腕《てつわん》アトム』なんかばっかり見てるから
……」

「そんなことあるわけないでしょ。ちょっと考えたらわかるでしょ。頭おかしいんだ、あの人。ほんとに、ほんとに、あんた危《あぶ》ないとこだったんだ」

「へたな言《い》い訳《わけ》やめ、やめ！　そんなこと信じるバカがどこにいる」

本当のことを言って怒《おこ》られるっていうのは、つい最近、敬子《けいこ》ちゃんと知美《ともみ》ちゃんで学んだはずだった。やっぱりあたしはほんとにバカかも、と木綿子《ゆうこ》は思った。

「もういいから。もう危ないことしなければいいんだから。母さんも、わたしたちも、木綿子のこと心配して言ってるんだよ」

絹子《きぬこ》姉ちゃんは、割《わ》りばしについたアイスキャンデーのかけらを器用に食べながら言った。

「あ、当たり！」

麻子《あさこ》姉ちゃんが、自分の割りばしを見て声をあげた。

木綿子は、最後のキャンデーのかたまりを飲《の》み込《こ》んだ。冷たいものがのどを通って、ゆっくりと胸《むね》の奥《おく》にすべっていった。

よどむ水

「まっすぐ帰って来なさい」

朝、家を出るとき母さんに言われた。

「帰って来たら家にいなさい。散歩も、遊びに行くのもなし。わかったね」

木綿子《ゆうこ》がだまっていると、もう一度、今度は怒《おこ》った声で言われた。

「わかったね」

「うん」

木綿子は玄関《げんかん》の戸を閉《し》める。

なんだか雨がふりそうな空もようだ。でも、かさをとるためにもう一度玄関を開ける気にならない。

大丈夫《だいじょうぶ》、帰るまで雨はふらない。

そう決めて、木綿子は歩き出した。家の前の道は、もうすぐアスファルトで舗装《ほそう》されると聞いた。今は土と砂利《じゃり》の道だから、雨がふったら水たまりがいくつもできる。

キャンデー屋の前を通る。トタンを貼《は》った雨戸がまだ閉《し》まっている。麻子《あさこ》姉ちゃんは、学校から帰ってから昨日の当たりを交換《こうかん》しに行くだろうか。

学校の方角へまがる前に、木綿子《ゆうこ》は川の方をふりかえった。和也《かずや》さんは「この次きちんと話す」と言った。「もう、責任《せきにん》があるから」と。でも、まっすぐ帰れと言われた。帰って来たら出かけてはいけない、と言われた。

いつ「この次」があるだろう。

和也さんは、整理ができただろうか。何を話してくれるつもりだろう。和也さんの生きていたのは、どんな未来だったろう。もし、つらい未来だったら、そんな世界にしたのは……

あたしたち。

木綿子は、思わず立ち止まった。

未来の社会をつくるのは、これから大人になるあたしたちなんだ。

和也さん、あたしには未来への責任があるの？　もう、責任があるの？

教えてほしいことがたくさんある。たくさんの人たちが同じ方向に流れていくとき、立ち止まる力はどこから見つける？　そして、同じように立ち止まっている仲間をどうやって探《さが》す？

そんなことを考えていたから、気づかなかった。

「おはよう」

目の前に、敬子《けいこ》ちゃんが立っていた。

「おはよう」

木綿子《ゆうこ》は、ワンテンポ遅《おく》れて答えた。

「こないだ、岡部《おかべ》先生、なんて言ってた？」

敬子ちゃんは、木綿子より少し背《せ》が低い。伸《の》び上がるようにして聞いてきた。

「ねえ、叱《しか》られたんでしょ」

敬子ちゃんは、ちょっとうれしそうな顔だ。ああ、いやだな、と思った。

確《たし》かに、本の中にこういう人は出てくる。『若草《わかくさ》物語』で、エイミーの酢漬《すづ》けのライム（というのがどんな食べ物なのか、見当もつかないけど）を先生に言いつけたジェニー・スノウとか。

敬子ちゃんは、いつもはもう少し先の文房具屋《ぶんぼうぐや》の前で知美《ともみ》ちゃんと待ち合わせをしている。

今日は、木綿子を見かけたのでここまで来たのだろう。

「べつに」

木綿子はそう言って、敬子ちゃんの前を通ろうとした。胸《むね》がどきどきした。

「ちょっと！」

敬子《けいこ》ちゃんが、一歩前に出た。

「べつにって、それ何さ。こないだだって、せっかくさそってあげたのに」

木綿子《ゆうこ》は、だまって敬子ちゃんを見た。

また帰りの会で何か言われるのかな。いやいやでも、いっしょに帰っていたら、敬子ちゃんは満足だったのかな。あたしが岡部《おかべ》先生に叱《しか》られたなら、満足だったのかな。敬子ちゃんは、どうしてこんなに怒《おこ》っているのかな。

「木綿子ちゃんは、岡部先生にひいきされてる！」

敬子ちゃんが、ほっぺたをふくらませて言った。

「そういうの、いけないんだよ！　みんな同じじゃないと」

みんなが同じ。「ひいき」っていうのじゃなくたって、岡部先生はあたしに話すときと、敬子ちゃんに話すときは、きっとちがうことをちがう感じで言うんじゃないだろうか。だって、あたしと敬子ちゃんはちがうから。

「木綿子ちゃんはずるい！　給食残したって叱られないし」

黄色と赤のしまの日よけを出した文房具屋《ぶんぼうぐや》の前で、知美《ともみ》ちゃんが左右を見ている。いつもならもう来ているはずの、敬子《けいこ》ちゃんを探している。

「みんなそう言ってるよ、木綿子《ゆうこ》ちゃんはひいきされてるって」

みんなが言ってる。

みんな？

みんなって、だれ？

みんながみんながみんながみんなが
敬子ちゃんの赤い唇《くちびる》が動いている。口が丸く開く。目がとんがっている。

みんながみんながみんながみんなが
敬子ちゃんの声が耳を打った。木綿子は聞きたくないと思った。

「痛《いた》いっ！」

「敬子ちゃんっ、どうしたの！」

敬子ちゃんの声と、知美《ともみ》ちゃんの声が、同時に聞こえた。

あたし？　あたしがやった？

図書室に返す本が入った手提《てさ》げ。

思わず両手が耳の方へ上がってしまった。その一方の手に手提げがあった。本のかどが、手提げの上からのぞいていた。

「目？　目に当たったの？　敬子《けいこ》ちゃん、大丈夫《だいじょうぶ》？」

両手で顔を押さえた敬子ちゃんの肩《かた》を、知美《ともみ》ちゃんが抱《だ》くようにして、顔をのぞきこんでいる。最初に一声あげたきりだまっていた敬子ちゃんが、そろそろと両手をはなして、木綿子《ゆうこ》の方を見た。

ほっぺたの、左目の下に赤いみみずばれができている。

「ひどい、木綿子ちゃん」

敬子ちゃんが言った。


岡部《おかべ》先生は、きびしい顔をしていた。

敬子ちゃんと木綿子は、職員室《しょくいんしつ》の、岡部先生の机《つくえ》の前に立っていた。先生は、すわったまま自分のいすをぐるりとまわして、ふたりの方を向いている。

敬子ちゃんのほっぺたには、白いガーゼが茶色の紙ばんそうこうでとめてある。

「それで？」

岡部先生は、敬子ちゃんの顔を見た。

「本のかどが当たったんだね。目じゃなくて、ほんとによかった」

それから木綿子《ゆうこ》を見る。

「わざとじゃなかったんだね?」

木綿子はうなずいた。敬子《けいこ》ちゃんの唇《くちびる》が、ちょっと開いた。

「ちゃんと返事をしなさい」

岡部《おかべ》先生が言った。

木綿子ののどのところをふさいでいる何かがある。それは、道の途中《とちゅう》で敬子ちゃんに出会ってから、少しずつ分厚《ぶあつ》くなってきているようだった。木綿子は苦労してそれを飲み込《こ》もうとした。息を止めて飲み込むきらいな給食のように、吐《は》きそうな気がしたけれど、その何かはなんとかおなかの中の暗いところに落ちていった。

「はい」

岡部先生は、「わかば」に火をつけながらうなずいた。

「敬子ちゃんに、あやまった?」

木綿子が横目で敬子ちゃんを見ると、敬子ちゃんも横目をつかってこっちを見ていた。その視線《しせん》の下の、白いガーゼを見るのがつらかった。

「わざとじゃなくても、菱田《ひしだ》さんのしたことで敬子《けいこ》ちゃんがけがしたんだから、それはあやまらないといけない。ひとつまちがえば、大変なことになるところだったんだよ」

わかってる。でも、あたしはえこひいきなんかされてない。みんながそう言ってるって、敬子ちゃんは言うけれど。

みんながそう言ってる……。

木綿子《ゆうこ》の頭の中に、ふっとそのことばが浮《う》かんだ。

あたしは、クラスの中の「ヒコクミン」なのかもしれない。

「菱田さん？」

岡部《おかべ》先生が、促《うなが》すように言った。口を開くと「ヒコクミン」と言ってしまいそうで、木綿子は、今度はそのことばをどうにか飲み込《こ》んだ。

「敬子ちゃん、ごめん……なさい」

岡部先生は、ちょっとほっとしたような表情《ひょうじょう》をうかべた。

「さあ、今度は敬子ちゃんの番だね」

敬子ちゃんは、不満そうな顔で木綿子を見た。

「いいです」

岡部《おかべ》先生が笑った。

「いいです、か。よかった。傷《きず》もたいしたことなかったし、本当によかった。それじゃ、敬子《けいこ》ちゃん、先に教室へもどってくれないか。僕《ぼく》は、ちょっと菱田《ひしだ》さんにお説教するから」

敬子ちゃんの表情《ひょうじょう》が、少し明るくなった。

「ここにいちゃいけませんか」

「先に行って、教科書開いて音読しているようにみんなに言っといてほしいんだ。ここから先は、副委員長の仕事だ」


敬子ちゃんが行ってしまうと、岡部先生は木綿子《ゆうこ》の方を見た。

「ほんとに、ちょっと目の方にずれてたら大変だったんだよ」

「はい」

「むやみと手提《てさ》げなんかふりまわさないこと。本が入ってたら重いんだからね。もうよくわかっただろうけど」

「はい」

岡部先生は、短くなった「わかば」をもみ消して、もう一本火をつけた。

「たいしたことなくて、よかった。だから、このことはもうこれっきりだ。残ってもらったのは、ほかのことなんだ」

そう言って、長々と煙《けむり》を吐《は》き出した。

「この前、道草はだめだよって言ったけど」

灰皿《はいざら》の上で、タバコの灰を落とす。

「神代橋《じんだいばし》の下になんか、絶対《ぜったい》行っちゃだめだからね」

木綿子《ゆうこ》は、体を固くして岡部《おかべ》先生を見た。こんなことを言い出されるとは思わなかった。見えない手でほっぺたをぶたれたような気がした。

「いや、ちらっと聞こえてきたことがあってね」

先生は、今度はため息のように、タバコの煙をふわりと吐いた。

「橋の下には、今浮浪者《ふろうしゃ》が住みついてるんだ。見たところ、別に体に悪いところはなさそうなのに、働かないで橋の下にこっそり住んでるなんて、ろくな人間のはずはない」

先生は、声をたてて笑った。なんとなくわざとらしかった。

「『こっそり』と言ったって、ちょっとのぞけばだれにでも見えるんだから、それは当たらないかなあ」

木綿子《ゆうこ》は、いっしょに笑うふりができなかった。

和也《かずや》さんが橋の下にいるのには意味がある。川を見ていたいからだ。時の流れを見つけなきゃならないからだ。なまけて仕事もしてないような、ろくでもない人間なんかじゃない。ちゃんと新聞記者をしてるんだ。子どものころからの夢《ゆめ》をかなえて。

「危《あぶ》ない目にあってからじゃ遅《おそ》いからね」

先生は、優《やさ》しそうな声で言った。

「この前、敬子《けいこ》ちゃんが帰りの会で言ったとき、ちゃんと菱田《ひしだ》さんの道草の中身を聞いておけばよかった。これは、先生が悪かった」

岡部《おかべ》先生は、ちょっとおどけたように頭をぺこりと下げた。

先生に和也さんのことを話しても、わかってくれそうな気はもうしなかった。この前は、もう少しで話してしまおうと思ったくらいだったのに。

木綿子が何も言わないので、先生はなんだか張《は》り合いがなくなったらしい。

「それじゃ、菱田さんはもう行きなさい。そして、今言ったこと、忘《わす》れないでね。人を信用しないのはよくないけど、不用心なのもよくないんだ。いいね」

「はい」

木綿子《ゆうこ》は一礼して職員室《しょくいんしつ》を出る。「はい」と言ったことで、和也《かずや》さんを裏切《うらぎ》ったような気がした。

岡部《おかべ》先生って、できるだけぶつからないように、なんでもまん中を通る人なのかな。うそと本当の間を通る方法を教えてくれたみたいに、今日は、人を信用するけど、不用心はいけないと言う。

「しんよう」と「ようじん」って、ことばも意味も逆《ぎゃく》みたいで、なんだかおかしい。

木綿子は笑おうと思ったけれど、涙《なみだ》の方が出てきそうだった。

和也さんと直接《ちょくせつ》話してもらえれば、変な人なんかじゃないってことをわかってもらえるのに。あたしがどんなに説明するより、よくわかってもらえるはずなのに。あたしだって、話してみるまでわからなかった。「橋の下の変な人」だと思って、絶対《ぜったい》に近づかないでいたら、和也さんのことは何もわからなかった。

流れを読む

土曜日だ。

このところ、学校から帰る途中《とちゅう》の道で、毎日のようにおばあちゃんが買い物に出てきているのに出会い、木綿子《ゆうこ》は結局おばあちゃんと帰ることになった。見はられてるなあ、と思うのといっしょに、和也《かずや》さんと話をしたということが、大人たちの間ではそれほどの大ごとだったのか、となんだかびっくりもした。

けれども、半ドンの今日は、家の玄関《げんかん》の前までおばあちゃんには会わなかった。

敬子《けいこ》ちゃんのけがのことがあったのに、学校では覚悟《かくご》していたほど居心地《いごこち》悪くはならなかった。だれかの投げたボールで突《つ》き指《ゆび》をしたり、廊下《ろうか》を走っていて（これは本当はいけないことだけど）、だれかとだれかがぶつかってけがをしたり、などということはよくあることだから、今回のことも、そういう「わざと」じゃないけがで、しかたない、と思われたのかもしれない。

ただ、あれから木綿子と口をきかない敬子ちゃんが、どう思っているのかはわからない。

敬子ちゃんのほっぺたのガーゼは、翌日《よくじつ》にはなくなっていた。本のかどに当たったところは、まだうっすらと赤かったけれど、だんだん目立たなくなってきている。

母さんは、いつものように洋裁《ようさい》の仕事をしている。父さんは、まだ会社から帰って来ていない。

「マルちゃんのハイラーメンだよ」

おばあちゃんが、お盆《ぼん》にふたをしたどんぶりをのせて持ってきた。いつもの、玉子丼《たまごどん》の入れ物だ。しばらく待って、中身のめんの上下をひっくり返し、またふたをしてもう少し待つ。

絹子《きぬこ》姉ちゃんと麻子《あさこ》姉ちゃんは、お弁当《べんとう》を持って行っている。お弁当を作るのもおばあちゃんだ。土曜日だけれど、絹子姉ちゃんは美術部《びじゅつぶ》の、麻子姉ちゃんはブラスバンド部の練習があるからだ。

麻子姉ちゃんは、家の中で唯一《ゆいいつ》音楽の素質《そしつ》があるらしい。小学生のころ、父さんと母さんにせがんで、ピアノを習わせてもらっていた。でも、うちにはピアノはなくて、足踏《あしぶ》みオルガンがあるだけだった。麻子姉ちゃんは、そのオルガンで練習して「エリーゼのために」なんかも弾《ひ》けるようになった。ツェルニーとかブルグミュラーとかいう教則本《きょうそくぼん》も終えた。そこから先までも、きっとあのオルガンでやりたかっただろう。でも、ピアノの先生が引っこしてしまって、麻子姉ちゃんのピアノはそこまでになった。

中学に入ってからは、ブラスバンド部でフルートを吹《ふ》いているけれど、高校に入ったらギターがほしいと言っている。

麻子《あさこ》姉ちゃんはがんばり屋だ。やりたいと思ったら、できるようになるまでやる。

その麻子姉ちゃんが、この前木綿子《ゆうこ》に言った。

「母さんが、なんだかしおれてた」

その日、母さんは敬子《けいこ》ちゃんの家に、正木屋《まさきや》の酒まんじゅうを持って、あやまりに行ったのだ。わざとじゃなかろうが、たいしたことなかろうが、とにかく木綿子が女の子の顔にけがをさせたのだから、と言って。「学校であやまった」と言ったのに、木綿子も連れて行かれた。

母さんは行きも帰りも口をきかなくて、それはまあ無理もないなあ、と木綿子も思ったのだけれど、「しおれてた」というのはどういうことか。

「母さん、木綿子のことぶったじゃない、こないだ」

絹子《きぬこ》姉ちゃんに、土手で見つかった日だ。

「私《わたし》が木綿子の顔をぶったから、因果《いんが》がめぐりめぐって、木綿子が敬子ちゃんの顔にけがさせたんだ、って。私のやり方が悪かったって、しょんぼりしてたよ」

木綿子は、なんだかびっくりしてしまった。因果がめぐりめぐるって、どういうことなのか本当のところはよくわからないけれども、母さんがそんなふうに考えるのか。

　戦争で人を殺すのをしかたないと言った母さんが、そんなことを気にするとは思わなかった。

「だからね、そんなら木綿子《ゆうこ》に『ぶってごめん』ってあやまればいい、って言ったのよ。そしたら、木綿子はほんとにバカだったんだし、親が子どもにあやまったりできないって。あやまるのはいやだけど、悪いと思ってることはだれかにわかってほしいってことだよね。親ってさ、変なところで子どもに甘《あま》えるよね」

「でも、でも」

　木綿子は言った。

「あたし、わざと敬子《けいこ》ちゃんに手提《てさ》げぶつけたんじゃないよ。だから、インガはめぐってないと思うよ。母さんにぶたれた八つ当たりとかじゃないもん、敬子ちゃんがおこって……」

「うん、敬子ちゃんが？」

「……あたしが、えこひいきされてるって……」

「ええ？　あんた、えこひいきされてるの？　だれに？　先生に？」

　木綿子はぶんぶんと首をふった。

「えこひいき、されてないよ。岡部《おかべ》先生、そういうことはしないもん」

「ふうーん」

麻子《あさこ》姉ちゃんは、ちょっと眉間《みけん》にしわを寄《よ》せた。

「バカだねえ、その敬子《けいこ》ちゃんて子」

「え?」

「だって、えこひいきされてる方に怒《おこ》ってどうすんの」

「されてないよ、えこひいき」

「それはいいの、どっちでも」

「よくないよ、だって……」

「いいの。えこひいきなんて、する方が悪いに決まってるじゃん。ひいきする方に文句《もんく》言うならわかるけど、されてる方に怒ったってダメでしょ。ひいきしてる先生に抗議《こうぎ》しなきゃダメでしょ。論理的《ろんりてき》じゃないね、その子。それに気がつかないなんて、あんたもバカ」

だって、とっさにいろいろ考えるなんてできない、と木綿子《ゆうこ》は思う。「先生に抗議する」なんてことだって、そうそう思いつくことじゃない。やっぱり、麻子姉ちゃんは頭がいいんだなあ。

木綿子自身は、母さんがしおれているところは見ていない(ただの不機嫌《ふきげん》だと思って見すごした可能性《かのうせい》はある)。でも、敬子《けいこ》ちゃんとのことがあっても、学校があまりつらくなかったのは、麻子《あさこ》姉ちゃんとこんな話をしたおかげもあるのかもしれなかった。

マルちゃんのハイラーメンを汁《しる》まですっかり飲んでしまって、木綿子《ゆうこ》は図書館へ行く準備《じゅんび》をする。

本は二冊《さつ》。二週間借りられる。木綿子はたいていすぐ読んでしまうので、二週間を待たずに毎週図書館へ通うことになる。

この前借りた本は、有島武郎《ありしまたけお》『一房《ひとふさ》の葡萄《ぶどう》』と、アメリカが舞台《ぶたい》の少年探偵《たんてい》ハーディー兄弟シリーズ『水車小屋の秘密《ひみつ》』だった。もっとたくさん借りられたらいいのに、と木綿子は思う。二冊だけを選ぶのは大変なのだ。

「図書館へ行ってくる」

木綿子は、ちょっと早口で母さんに言った。

「本返さなきゃなんないし、それに、それに、読書会の本を借りなきゃなんないし。モヒカン族の」

ダメ、と言われると思った。図書館へ行かなくてはならない正当な理由を、ありったけならべなくちゃならない、と思った。

母さんは、今縫《ぬ》っているワンピースの、たっぷりしたスカートのウエストにギャザーを寄《よ》せながらしつけをかけていた。ちらりと柱時計を見る。

もういいかな、と言ったような気がした。

「二時半までに帰ってきなさい。まっすぐ帰るのよ」

と、それでもこの前より角のとれた声で言った。

行くときは、わざと土手を通らずにバス通りから行った。母さんが家の中から、壁《かべ》もへいも透《す》かして、木綿子《ゆうこ》が川の方へ行かないか見はっているんじゃないかと思った。

お菓子屋《かしや》の角をまがり、信号をふたつわたって、八幡《はちまん》神社の境内《けいだい》をつっきると、図書館の正面に出る。

三階建ての図書館の、二階が児童室だ。児童室のカウンターにすわっている司書の阿久津《あくつ》さんと、木綿子はもうすっかり親しくなっている。小学一年で母さんと初めて来たときから、毎週のように顔を合わせている阿久津さんは、五十歳《さい》くらいの女の人だ。

今では、木綿子は、阿久津さんが忙《いそが》しいとき、カウンターの中に入って小さい子が本を借りる手伝いをすることもある。

「こんにちは」

木綿子《ゆうこ》があいさつすると、ちょうど揚《あ》げあられを口に放り込《こ》んだばかりだったらしい阿久津《あくつ》さんが、片手《かたて》で口をおさえてうなずきながら、もごもご言って会釈《えしゃく》した。

「んー、ん」

「自分でやってもいい？　この二冊《さつ》、返すね」

「んー」

阿久津さんは、まだむぐむぐ言いながらうなずいた。

木綿子はカウンターの中に入る。たくさん並《なら》んだ小さい引き出しの「は行」のところから自分の図書貸出《かしだし》カードを探《さが》す。借りた本の題名を書くところが、だんだんいっぱいになってきた。

このカードと、いっしょにしてある本のカードの返却《へんきゃく》日の欄《らん》に、今日の日付のスタンプを押す。本のカードには、木綿子の名前と借りた日が書いてある。スタンプを押《お》したら、本の一番うしろに貼《は》りつけてある茶色い紙のポケットに入れる。あとは、本をもとの棚《たな》にもどせばいい。

阿久津さんは、カウンターのかげに置いた湯飲みのお茶を飲んで、ほっと息をついた。

「木綿子ちゃんにアルバイトに来てもらおうかしらねえ。なんたって現役《げんえき》の子どもだし、もうあたしなんかより子どもの本にはくわしいかもね。頼《たよ》りになる」

「えーっ、そんなことないよ」

木綿子《ゆうこ》は、あわてて答える。ほめられるとなんだか困《こま》ってしまう。力いっぱい否定《ひてい》しなきゃならないような気がする。でも、和也《かずや》さんが「頭いいな」と言ってくれたときから、ほんの少しだけ、ほめられて喜ぶことを自分に許《ゆる》せるようになったかもしれない。

「図書館ね、引っこすことになるのよ」

阿久津《あくつ》さんが、揚《あ》げあられの袋《ふくろ》の口を輪ゴムでしばりながら言った。

「前に青山《あおやま》高校があったところね、あそこをちょっと改装《かいそう》して、児童室だけ引っこすことにするんだって。つまり、児童図書館が別にできるのよ。大人の本も子どもの本も、増《ふ》えてきて、場所が足りなくなったもんだから」

木綿子は、本を持ったまま、目を丸くして阿久津さんを見た。

「いや、今すぐじゃないのよ」

阿久津さんが、手といっしょに揚げあられの袋をガサガサとふる。

「まあ、早くたって、たぶん来年からだからね。ちょうど木綿子ちゃんが中学に入るころね」

木綿子は、ほっと息を吐《は》いた。

「子どもの本だけの図書館なの？」

「そうなのよ。小さい子向けの絵本はもちろん、小・中学生くらいまでの童話や児童文学がそっちへ行くかな」

つまり、学校の図書室が大きくなったような感じかな。

木綿子《ゆうこ》は、二冊《さつ》の本を持ってフロアへ出た。背表紙《せびょうし》のラベルは、『一房《ひとふさ》の葡萄《ぶどう》』は913、『水車小屋の秘密《ひみつ》』は933。9で始まるのは文学だ。9の本の棚《たな》は、木綿子にはすっかりなじみになっている。

引っこして別の場所に児童図書館ができても、9の棚に文学があることは変わらない。本は自分の番号の棚にきちんと並《なら》んでいる。図書館はそういうところだからだ。だから、どこに行っても自分の借りた本を棚に戻《もど》すことはできるし、阿久津《あくつ》さんの手伝いだって今までどおりできるだろう。

あ、でも。

もとの青山《あおやま》高校だと、今よりちょっと遠くなるけど、それもたいしたことはない。

図書館が引っこしたら、川から遠くなる。

不意《ふい》に、和也《かずや》さんのことを考えた。二時半って、母さんは言った。まだ時間はあるけれど、なんだか気持ちが落ちつかなくなった。

木綿子《ゆうこ》は、手に持っていた図書カードを手提《てさ》げの中に入れた。

「まっすぐ帰るのよ」と母さんは言った。大丈夫《だいじょうぶ》、まっすぐ帰る。土手に上がってしまえば、本当にまっすぐ歩くだけだもの。この考え方は、岡部《おかべ》先生ふうかな。

「阿久津《あくつ》さん、今日は帰るね。手伝わなくてごめんなさい」

木綿子が言うと、阿久津さんはにっこり笑った。

「いいよぉ。アルバイトって冗談《じょうだん》だから、気にしないでね」

「うん。わかってる」

あたし、冗談通じる人間だもの。

木綿子は、心の中でつぶやいた。


図書館を出て土手に上がる。目の前に青山《あおやま》高校のボート小屋があり、高校生が何人か、細長いボートを運んでいるところだった。

御幸橋《みゆきばし》を横切ったとき、河原《かわら》の向こうに煙《けむり》が見えた。

胸《むね》が、いやな感じにどきんとした。

土手は（まっすぐではあるけれど）ゆるやかにカーブしながら神代橋《じんだいばし》へと続いている。煙《けむり》は、その神代橋のあたりから……？

木綿子《ゆうこ》は走り出した。

和也《かずや》さん。

あの煙。和也さん。

何か起きたのだ。

砕《くだ》ける水

河原《かわら》の砂利《じゃり》の上で、むしろと材木のなごりがくすぶっていた。

木綿子《ゆうこ》は土手の上からそれを見ていた。

和也《かずや》さんのむしろ小屋だ。

和也さんはどこにいるんだろう。

橋の下は、何本もの杭《くい》がコンクリートの上に立ち並《なら》び、作業服を着た男の人が、その一本一本に有刺《ゆうし》鉄線をからませて、とげとげの檻《おり》のようなものを作っていた。

もう、橋の下に住むことはおろか、立ち入ることもできない。堤防《ていぼう》をただ歩いて、橋の下をくぐって向こう側に出ることもできない。橋の下に立って、ダンプが通るとふるえてうなる鉄《てつ》骨《こつ》を見上げることもできない。

有刺鉄線の檻《おり》が、良いものも悪いものも区別なく、全《すべ》てをしめだしている。

木綿子は、ぼうっとしながら土手の斜面《しゃめん》をすべりおりて、堤防の上に立った。

「おうい、こっちへ来ちゃだめだぞ！」

作業服の男の人が叫《さけ》んだ。

「そのへん、ガラスのかけらなんかもあるから、危《あぶ》ないぞ！」

木綿子《ゆうこ》は足もとを見る。分厚《ぶあつ》い透明《とうめい》なガラスのかけらがある。そのかけらのカーブに見覚えがある。

牛乳《ぎゅうにゅう》びんのかけらだ。もしかしたら、和也《かずや》さんがカーネーションを生けてくれていた牛乳びんだ。

木綿子は、しゃがんでそのかけらを拾った。

「手を切るよ」

男の人は、巻《ま》いた有刺《ゆうし》鉄線と道具箱を持ってやってきた。

「俺《おれ》はもう帰るけど、あっちには行くんじゃないよ。って言っても、もう行くに行けないけどなあ」

男の人は、橋の下をさして笑った。

「あの」

木綿子は、やっとの思いで声を出す。

「ここにいた人、どこへ行ったんですか」

男の人は、笑うのをやめて木綿子《ゆうこ》を見た。

「ここにいた人？　橋の下の？」

「はい」

「あんた、そいつ、知ってたの？」

木綿子はだまったまま男の人を見た。男の人も木綿子を見た。じろじろと見た。

「子どもが橋の下の浮浪者《ふろうしや》に変なことを言われたって、電話が役所にあったんだよ。それで、なんとかしろって。その子どもって……」

木綿子は、目を見開いたまま首をふった。

だって、あたし、和也《かずや》さんに変なことを言われたりしてないもの。でも……でも、その電話を役所にかけたのは、母さんなのかもしれない。母さんは、和也さんの言ったことを「変なこと」だと思ったんだろうか。それとも、あたしがうそをついてると思ったんだろうか。そして、岡部《おかべ》先生にも電話したんだろうか。

母さんは、和也さんを知らないのに。知ろうともしなかったのに。

「変」ってなんなの。ほかの人とちがうことなの。ほかの人とちがうのは悪いことなの。ちがうものは取りのぞかなくちゃならないの。

「みんなと同じ」じゃないものに、ひどいことをする正しい理由をつける……？

思わず力が入ったのだろう。牛乳《ぎゅうにゅう》びんのかけらが手のひらにくいこんだ。

「おい、あんた、大丈夫《だいじょうぶ》？」

男の人がまゆをひそめた。

木綿子《ゆうこ》はうなずいた。

「ここに住みついていたやつなら」

男の人は、なんだかばつが悪そうに言った。

「川ん中に入ってって、見えなくなっちまったんだよ」

木綿子は、はっと顔を上げて川の方を見た。川下に小さな船が何そうか出ている。

「俺《おれ》が来たときは、もう川に入っちまったあとだったんで、見てたわけじゃないんだ。たいして深い川じゃないし、流れが速いわけでもない。そのへんの岸に上がったとしたって、すぐに見つかるはずなんだ。でも……」

男の人は、首に巻《ま》いた手ぬぐいで顔をこすった。

「船まで出すこたないと、思ってたんだが」

「見つからないんですか」

木綿子《ゆうこ》は聞いた。

和也《かずや》さんが見つからないんなら、それは……。

「ああ。消《き》え失《う》せたみたいに、いなくなっちまったらしい。大方、川下の中州《なかす》あたりにいるんじゃないか」

男の人は、言《い》い訳《わけ》したいというように、ぐるっと、橋の下からまだくすぶっているむしろ小屋のざんがいまでを見わたした。

「どっちにしろ、公共の場所を不法に占拠《せんきよ》してるってわけで、こういうことになるのは仕方なかったんだ。俺《おれ》は土建屋だから、頼《たの》まれてあれだけをやりに来たんだよ」

とげだらけの檻《おり》になった、あの橋の下の方に手をふる。

「昼までに終わるはずだったのになあ。土曜だってのに、半ドンじゃすまなかったが」

その声を耳の後ろで聞きながら、木綿子は川の方へ歩き出した。

男の人が何か言ったようだったけれど、木綿子はふりかえらなかった。

水辺ぎりぎりのところまで行くと、下流の方で行ったり来たりしている船は二そういるのがわかった。そのほかに、橋の下にもう一そう。橋の下の船は、青山《あおやま》高校のボートが下流に行かないように止めているらしい。

あ。

川の中に、金色の帯が光っている。そのまん中で、大きなひれがぱしゃりとひるがえった。

「おい！」

だれかが砂利《じゃり》を踏《ふ》んで走って来る音がする。木綿子《ゆうこ》は川の中に駆《か》け込《こ》んだ。はじめて会ったときの和也《かずや》さんのように。

あたしも、時の流れに乗って未来へ行くんだ。

……それとも、過去《かこ》へ？

水が腰《こし》まで、ついで胸《むね》まで来た。

あ、あたし、さっき牛乳《ぎゅうにゅう》びんのかけらで手のひらを切ったんだ。だから、もうこれで破傷《はしょう》風《ふう》になるんだ。

それでも、今、時の流れをつかまえなければ。

木綿子は、金色の流れに向かって両手を伸《の》ばした。固く、冷たいうろこに触《ふ》れた……と思った。

時の流れ

体が動かない。目を開けようとしたけれど、まぶたも重くくっついている。それなのに明るい。金色の光に満ちている。

自分が立っているのか寝《ね》ているのかわからない。体がどこにもさわっていないような気がするけれど、同時に何かに包まれているような感じもする。眠《ねむ》る前にふと、布団《ふとん》も敷布《しきふ》も感じなくなって「あ、浮《う》いてる」と思うことがあるけれど、そういう感覚に近いかもしれない。

浮いている。

あたしはどうしたの。

木綿子《ゆうこ》は思い出した。

川に入ったんだ。金色の流れの中に。大きな魚のひれを見た。和也《かずや》さんをここに運んできた、時の主だと思った。だから……

何か大きなものが、かたわらにある。「ある」というより「いる」。

……大きな魚？

木綿子《ゆうこ》をとりまく何かが、ほんの少しそよいだ。

ああ、ひれを動かしている。

大きな魚が、ゆったりとひれを動かしているのだと思う。いつだったか家族で箱根《はこね》に出かけたとき見た鯉《こい》が、流れの中でひとつ所にとどまる時にしていたように。木綿子は、そのゆらぎを肌《はだ》に感じる。

大きな魚がそこにいるのなら、木綿子には聞きたいことがたくさんあった。

時の流れの主なの？　和也《かずや》さんをここに連れてきたの？　そして、今度は未来に帰したの？

その未来は、和也さんが来たときと同じ未来なの？　それとも……

もっと楽しい未来。あるいは……？

大きな魚が動いた。円を描《えが》くように、ゆうるりとまわり始めた。

体に、やわらかなうずを感じる。そのうずに巻《ま》かれながら、木綿子はいくつもの声を聞いた。

朕《ちん》深く世界の大勢《たいせい》と帝国《ていこく》の現状《げんじょう》とに鑑《かんが》み非常《ひじょう》の措置《そち》を以《もっ》て時局を収拾《しゅうしゅう》せむと欲《ほっ》し
私《わたし》は将来《しょうらい》を信じます。より良い祖国《そこく》のために命を万歳《ばんざい》！　万歳！

本日八日未明、西太平洋に於《お》いてアメリカ、イギリスと

お国のために死んで

非国民《ひこくみん》！

兵隊さん、ありがとう

戦争ハ人間ノ仕業《しわざ》デス　戦争ハ人間ノ破壊《はかい》デス

積極的平和主義《しゅぎ》に基《もと》づき

平和慣《な》れしてる

必ずや国民の皆様《みなさま》のご理解《りかい》を

聞き取れないことばがたくさんある。聞こえることばも、意味のわからないところがある。

木綿子《ゆうこ》のまわりを、伸《の》びたり縮《ちぢ》んだりしながらことばが流れていくようだ。

そして、流れていくのは日本のことばだけではない。どこの国かはわからないけれど、外国のことばもたくさんある。

そうだ。戦争って、日本の人だけが苦しんだんじゃなかったんだ。和也《かずや》さんもそう言った。

世界のどこで起きても、戦争は家を焼き、町をこわし、人を死なせる。親を殺された子と、人を殺した親の子が、どの国にも生まれる。

おとうさん　おかあさん　あつい　いたい　くるしい　どうして　もえる　どうして　いやだ　たすけて　たすけて　たすけて

木綿子《ゆうこ》の体が熱くなり、冷たくなった。まわりを流れるうずが、すうっと集まり、輪になるのを感じた。まぶたの裏《うら》に、その形が見えた。輪は、ふるえ、かすかにねじれながら回っているようだった。長いリボンをくるくるとふったときのように。

ああ、このリボンは、あの金色の流れだ。時なんだ。時は、こんなふうに輪になって流れている？

気がつくと、輪は一か所で切れている。リボンのはしとはしとが、あとちょっとのところで重ならないでいる。わずかなすきまのある金色の輪が回り続ける。

あのすきまは何なの。あそこにはまだ何もない？　むこうのはしと、こっちのはしは、一番遠いけど輪になって一番近くなる。近いけれどつながらない？

「時」は、いつも戦争の前なの？　それとも戦争の後？　変えることはできるの？

全《すべ》て決まってるの？　何も決まってないの？

聞こえてくるたくさんの声は、遠ざかったり近づいたりする。ざわめきは、にぎやかな街《まち》だろうか。人々の声がする。子どもたちの笑い声が聞こえる。そして、何かが爆発《ばくはつ》する音。大きなものが空気を裂《さ》く音。悲鳴。泣き声。

どこの国かはわからない。今ではなく、過去《かこ》なのかもしれない。もしかしたら、未来かも。

どうしたらいいだろう。こんな声を聞いて、こんなことを知ってしまって。だって、わからない。あたしにはわからないことがたくさんある。

声を出せないのがもどかしかった。

わからない。わからないから、考え続けるしかないのか。どうしたらいいか、答えを見つけなくちゃならない……

「もう大丈夫《だいじようぶ》ですよ」

え？

少しずつ、体の感覚がよみがえってきた。木綿子《ゆうこ》は布団《ふとん》に寝《ね》ているらしい。頭が熱くて気持ちが悪い、と思っていたら、だれかが頭の下に冷たいものをしいてくれた。

ぱきっと折って……

ううん、ちがう。水の音がする。ゴムの匂《にお》いもする。水枕《みずまくら》だ。

あたしは病気なんだな、と木綿子は思った。背中《せなか》も、指の関節も痛《いた》い。

破傷風《はしようふう》なのかな。

もう死ぬのかな。

「何を言ってるのかわからない」

「うわごとだよ。熱が高いから。きっと、朝から熱があったんだよ。昼のラーメンをぺろっと食べてしまったから、具合が悪いなんて気がつかなかった」

ああ、いけない。『モヒカン族の最後』を、借りて来なかった。

木綿子《ゆうこ》は、二週間寝込《ねこ》んだ。

川に落ちた（と、後で聞かされた）ところを、橋の下に杭《くい》を立てに来ていた作業員に助けられ、運よく流されなかった手提《てさ》げの中の図書カードでどこの子かわかったのだ、と言われた。破傷風《はしょうふう》にはならなかったけれど、高い熱が何日も続いて、父さんにも母さんにもおばあちゃんにもお姉ちゃんたちにも心配をかけたらしい。おばあちゃんは、熱でふらふらして、足をすべらして川に落ちたにちがいない、と言った。寝込《ねこ》んだおかげで「どうして河原《かわら》なんかに行ったんだ」などと聞かれずにすんだ。

母さんは、ときどき何か言いたそうな顔をしていることがあった。木綿子《ゆうこ》のうわごとの何かが気になったのかもしれない。

熱が下がって体が楽になってきても、まだだめだ、と寝《ね》かされていた。木綿子は、あまりしゃべらないで寝《ね》ていられるのがありがたかった。色々考える時間ができたからだ。

金色の輪。

四年生のとき学校から行った天文台で見た、土星の輪みたいだった。土星の輪は、小さい星くずの集まりだと聞いた。あたしが見た金色の輪は、たくさんの「今」でできているんだ。流れていく時の中で、木綿子は自分が小さな砂粒《すなつぶ》になったような気がする。流れの中に、砂粒みたいに人々がいて、家族がいたり、毎日のくらしがあったりして、その生活を守りたいと思っていて……。でも、砂粒は流れていく。流れが大きくうねって、何か良くない方向……例えば戦争に向かうとき、小さな砂粒も同じ方向へ流れて行ってしまう……。

木綿子は、天井《てんじょう》の木目を見ながら考える。

父さんは、戦争で人を殺した。それは変えられないことなんだ。父さんがどう感じ、どうしてあたしたちにそれを言ったか、本当のところはわからない。でも、あたしは「人殺しの子」っていう、何か荷物みたいなものをしょってしまったような気がする。もしかしたら、あのとき、あのなんでもない夕ご飯のふっとしたすきまの時間に、父さんは、自分自身がしょっていた荷物が重くてたまらなくなって、もうしょっていたくなくて、放り出してしまったのかもしれない。あのとき、あたしはそれを、その一部かもしれないけど、拾ってしまったのかもしれない。

親は、ときどき子どもに甘《あま》える。

あたしは、父さんと母さんの子なんだ。橋の下から拾われて来た子じゃなくて、あたしから見て好きなところも嫌《きら》いなところもある二人の人間、父さんと母さんの子なんだ。だけど、同時にあたしは父さんとも母さんともちがう「あたし」っていうひとりでもあるんだ。ちがう考えを持ったっていいんだ。

あたしは死にたくない。殺したくもない。そして、だれかが死ぬのをほっておいたり、殺すのをだまって見ていたりしたくない。

あたしは、あたし自身も含《ふく》めて、誰《だれ》のことも死なせたくない。

ああ、でももし、死なせることを「仕方ない」というような流れができたら？

小さな砂粒《すなつぶ》のあたしが、流されていくしかなかったら？

……それでも。

どんな流れの中でも、流れの中であっちこっちに転がることになっても、死なせない。だれも殺さない。

「あたしは殺さない」

木綿子《ゆうこ》は、そっと声に出してみた。

一九七五

◆ベトナム戦争終結
◆集団就職列車《しゅうだんしゅうしょく》の運行終了《しゅうりょう》
◆ソ連のソユーズ十九号とアメリカのアポロ十八号が史上初の国際《こくさい》ドッキング成功
◆マイクロソフト社設立《せつりつ》

巡《めぐ》りあう川

「菱田《ひしだ》……さん？」

木綿子《ゆうこ》は一瞬《いっしゅん》、本にカバーをかける手を止めた。

土曜日の夕方だ。京都《きょうと》駅の中にある書店のレジで、木綿子はアルバイトをしている。たった今この本を買った青年は、見開いた目を往復《おうふく》させて、木綿子の顔と、首から下げた名札を何度も見ている。

「はい？」

「菱田木綿子《ひしだゆうこ》さん。うわあ」

「うわあ」と言ったのは、木綿子と同じくらいの年の青年で、中肉中背《ちゅうにくちゅうぜい》でジーンズにセーター、長くも短くもない髪《かみ》、めがねをかけて、人の良さそうな顔つきをしている。文庫本を一冊《さつ》買ったところだ（ちなみに、ハヤカワＳＦ文庫『タイタンの妖女《ようじょ》』）。

「僕《ぼく》、岩崎憲之《いわさきのりゆき》。覚えてる？」

岩崎憲之。

「えー！」

今度は、木綿子が声をあげた。あわてて片手《かたて》で口をおさえる。

「小学校でいっしょだった、あの岩崎君！」

「なんだー、こんなところで仕事してたの」

「仕事って、アルバイト。岩崎君こそ何してるの、こんなとこで」

「僕、京都の大学出てさ、こっちで就職《しゅうしょく》したから、もうすっかり京都の人間どすえ」

木綿子は笑った。

「だめだめ。京都は応仁《おうにん》の乱《らん》のころから住んでないと、京都人って言わないんだよ」

「そりゃ無理だなあ。タイムマシンでもないと」

タイムマシン。

木綿子《ゆうこ》は、何も答えずにほほえんだ。

「でも、すごい。こんなところで会うなんて」

岩崎《いわさき》君は、あけっぴろげな笑顔《えがお》をうかべた。

「僕《ぼく》、中学で転校しちゃったからさ、小学校のころの友だちとは、ほとんど会うことなかったんだよね」

「ああ、そうだったよねえ」

あのころは、めがね、かけてなかったよね。

岩崎君は、お父さんの仕事の関係で、中学二年になるとき岐阜《ぎふ》へ引っこした。木綿子はちょっと岩崎君のことが好きだったから、しばらくは残念でしかたなかった。

「菱田《ひしだ》さんは？　やっぱり、こっちで大学？」

「うん。短大だったけど。卒業してから、まあ、バイトしながらあれこれやってる」

木綿子は、ひそかに子どものための小説を書きためている。

考えてみれば、岩崎君がとなりの席にいた小学生のときから、そうしてきた。一冊《さつ》十円のお絵かき帳に「お話」を書き、それにさし絵もつけて机《つくえ》の引き出しにしまっていた。そんなノートが十冊《さつ》にもなり、それは今、そっくり木綿子《ゆうこ》の住むアパートの押《お》し入れに入っている。

あのノートの一冊に、わたしはそっと書き込《こ》んだことがある。未来に起きるかもしれない地《じ》震《しん》のこと……。

「そうか。実家には帰らなかったんだ」

「うん。帰らない」

木綿子は、あっさりと答えた。

絹子《きぬこ》姉ちゃんは、希望通り学校の先生になって、やはり教師《きょうし》をしている男性《だんせい》と結婚《けっこん》した。今は実家のある静岡県内《しずおかけんない》でもだいぶ西寄《にしよ》りに住んでいる。男の子と女の子、ふたりの子どももいる。

麻子《あさこ》姉ちゃんは、理学部の大学院に進んで、まだ東京で学生生活を送っている。音楽が好きなのは変わらず、高校に入ったときにギターを買ってもらってからは、自分でもフォークソングを歌うようになった。歌は聞くのも大好きで、今年の夏に掛川市《かけがわし》であった吉田拓郎《よしだたくろう》とかぐや姫《ひめ》のコンサートにも行った。その帰りに絹子姉ちゃんの家に寄って「野外だからトイレが大変だった」と言ったそうだ。

祖母《そぼ》は去年亡《な》くなり、今、あの川の近くの家には両親だけが暮《く》らしている。

岩崎《いわさき》君は、一人っ子だったはずだ。

「ご両親は？　岐阜《ぎふ》にいるの？」

木綿子《ゆうこ》が尋《たず》ねると、岩崎君は、ちょっと困《こま》ったような顔をした。

「うん、まあ……。実は、両親、離婚《りこん》したんだ」

「えっ」

岩崎君の後ろに、別のお客が来ている。

「あっ、岩崎君、ちょっとごめん……」

木綿子が接客《せつきやく》をしている間、岩崎君はわきによけて待っていた。平積みになっている『複《ふく》合汚染《ごうおせん》』の上巻《じようかん》を取り上げてぱらぱらめくっている。

そういえば、岩崎君も本が好きだった、と木綿子は思う。星新一《ほししんいち》のショートショートを貸《か》してもらったことがあったっけ。

「ここ、あとどのくらいで終わるの？　メシでも食いに行かない？　もっと話をしたいしさ」

「いいね」

木綿子は、にっこり笑った。

「六時まで。あと四十分。いい？」

「オッケー」

岩崎《いわさき》君は、ぶらぶらとレジを離《はな》れて行った。

その後《うし》ろ姿《すがた》を見ながら、木綿子《ゆうこ》はなんだか不思議な思いでいっぱいだった。

過去《かこ》と出会ったような気がする。

中学生のころから、木綿子は、時間をテーマにしたSF小説が好きになった。中学三年のときに始まったアメリカのテレビドラマ「タイムトンネル」も夢中《むちゅう》で見た。

時の流れに運ばれて、さまよう人がいる。

木綿子は、鴨川《かもがわ》を渡《わた》るとき、いつも途中《とちゅう》で立ち止まって川のおもてを見つめるのだ。金色に光る、時の流れをさがして。

あの六年生の五月。時の流れ。金色の大きな魚。過去。現在《げんざい》。未来。

あのとき、わたしは少しだけ変わった、と木綿子は思う。ほんのちょっとだけ、家族を卒業した。わたしは「わたし」という一人の人間なんだ、と思った。一人の人間でいることの責任《せきにん》を知った。

今はまだこの世にいない和也《かずや》さんが、そのきっかけをくれた。

木綿子は、ちょっと息を吸《す》い込《こ》んだ。

あのころの時間を共有していた岩崎《いわさき》君。わたしたちは、何の話をするだろう。SFの話をしてもいい。星新一とか。

そして、時間旅行の話をするかもしれない。わたしは未来から来た人のことを話すかもしれない。その人が伝えたくて、でも聞くことができなかった事実、そして未来を作るのはわたしたちだということを話すかもしれない。

わたしたちは、今大人になってここにいる。「あのころ」が「今」とひとつになる。

二〇〇三

◆三月二十日　アメリカがイラクを攻撃《こうげき》
◆北朝鮮《ちょうせん》が核拡散防止条約撤退宣言《かくかくさんぼうしじょうやくてったいせんげん》
◆スペースシャトルコロンビア墜落《ついらく》

時の川がめぐる

四月七日。月曜日。

「かずやさん、でお願いします」

木綿子《ゆうこ》が言うと、ケーキ店の若《わか》い店員は、メモ用紙に「かずやさん」と書いた。

「そして『お誕生日《たんじょうび》おめでとう』ですね？」

木綿子は、ちょっと考える。

「『誕生おめでとう』にしてもらえますか」

店員は、きょとんとした顔になった。

「おんなしこととちがいますか？」

「今日、生まれるの。だから『誕生《たんじょう》』にしてほしいんです」

「ああ」

店員は、笑顔《えがお》になった。

「出産祝いですねんね。それで、名前ももう決まってはるんですね。『ちゃん』とか『くん』やなくて、『かずやさん』でよろしんですか？」

「はい」

木綿子《ゆうこ》はほほえんだ。

「今は、超音波《ちょうおんぱ》でおなかの中でも性別《せいべつ》がわかるみたいやけど、百パーセントではないらしいとも聞きますけど……」

「ええ。大丈夫《だいじょうぶ》です」

大丈夫。和也《かずや》さんは今日生まれる。だから、木綿子はバースデーケーキを買いに来たのだ。

夫は（岩崎《いわさき》君だ）甘《あま》い物が好きだから、いっしょに食べよう。

木綿子と岩崎君が結婚《けっこん》してから二十五年になる。ひとり娘《むすめ》は大阪《おおさか》で暮《く》らしているから、今は夫婦《ふうふ》ふたりだけだ。岩崎君は、大学卒業以来勤《つと》めている会社で、ちょっとだけエラサマになった。木綿子の書く児童文学は、今では時々活字になる。

つきあい始めたころに、岩崎《いわさき》君に和也《かずや》さんのことを話した。戦争のこと、自分が人殺しの娘《むすめ》だということを話した。押《お》し入れにしまってあったお話ノートを出して、そこに小学六年生の字で書いた「大地震《おおじしん》がくる。でも、未来は変わるかもしれない」という文字を見せた。そして、同じようにとっておいた白い（かなり灰色《はいいろ》になってしみのついた）細長い袋《ふくろ》を見せた。中身の水分はいつのまにか蒸発《じょうはつ》してしまって、今では折れた棒《ぼう》の入った、ただのぺたんこの袋だ。岩崎君は、だまって聞き、ノートと袋を見、ひと言「わかった」と言った。

もともと木綿子《ゆうこ》が頭の中で作っていたお話のノート、そのすみに書いたことと、得体《えたい》の知れない汚《よご》れた袋は、見れば見るほど「それがなんなの」というようなものでしかなかった。それでも、岩崎君はバカにもせず、うそだとも言わず、「わかった」と言ってくれた。

それ以来、ふたりで和也さんの話をしたことはなかったけれど、二十年近くたった一九九五年、阪神淡路大震災《はんしんあわじだいしんさい》があって少し落ちついたころ、岩崎君が言った。

「これだったかもしれないね」

京都も、あのときはずいぶん揺《ゆ》れたのだ。

「未来は変わるかもしれないし、地震ってこれだったかも」

岩崎《いわさき》君は、木綿子《ゆうこ》の地震嫌《じしんぎら》いを知っていたから、覚えていてくれたのだった。

だとすると「和也《かずや》さんの小さいころ」からは、十年くらい前にずれることになる。

「地球規模《きぼ》で考えたら、十年かそこらはほんのちょっとのことなんじゃないかな」

岩崎君は言うけれど、でも、と木綿子は思う。

ノートには書かなかったけれど、和也さんは「津波《つなみ》がおそった」と言った。阪神淡路大震災《はんしんあわじだいしんさい》では、津波の被害《ひがい》は聞かなかった。時間がずれるだけでなく、こういうことも「地球規模」ならあるだろうか。そんなにちがってしまうのなら、和也さんが未来から来ることもないのではないか。だとしたらわたしと会うこともないし、だとしたらノートに地震のことなんか書くはずもないし……

念のため、これからもそなえておこう、と木綿子は思ったのだ。大地がゆれることにも、世の中がゆれることにも。

ケーキの箱を冷蔵庫《れいぞうこ》に入れ、木綿子は紅茶《こうちゃ》をいれてテーブルの前にすわった。

時が流れる。

時は流れた。

先月、アメリカがイラクを攻撃《こうげき》して戦争が始まった。和也《かずや》さん、イラクにも子どもがいるよね。和也さんと同じ、今日生まれる子もきっといるよね。いくつ時を経《へ》ても、人間は戦争をくりかえす。日本じゃなくても、世界のどこかが戦場になる。ああ、それをだまって見すごして、誰《だれ》かが死ぬことに手を貸《か》すのはいやだ。

流れている。
どんなふうに流れている？
わたしは、ちゃんと自分自身の重さを持っている？
ただ仕方なく流されていく砂粒《すなつぶ》にはなりたくないから。
未来は、人の力でいい方向に変えることだって、きっとできるはずなんだ。
わたしには、もう責任《せきにん》がある。
不意にあふれてきた涙《なみだ》をぬぐって、木綿子《ゆうこ》は背《せ》すじをまっすぐに伸《の》ばした。

西暦	元号	実際にあった出来事	物語の中の出来事
一九四一	昭和16	・12月8日、日本軍ハワイ真珠湾攻撃により、アジア太平洋戦争開戦	
一九四四	昭和19	・1月、名古屋市内の建物疎開が始まる ・12月7日、東南海地震（遠州沖大地震）	
一九四五	昭和20	・8月6日、アメリカ軍、広島に原子爆弾投下 ・8月9日、アメリカ軍、長崎に原子爆弾投下 ・8月15日、敗戦	9月、木綿子の父復員
一九四七	昭和22	・5月3日、日本国憲法施行	
一九五〇	昭和25	・朝鮮戦争勃発。大韓民国と朝鮮民主主義人民共和国との間で戦争始まる ・8月、警察予備隊令公布	
一九五一	昭和26	・7月、公職追放解除	
一九五二	昭和27	・10月、警察予備隊を保安隊に改編	
一九五三	昭和28	・NHKがテレビ放送開始 ・7月、朝鮮戦争休戦成立	
一九五四	昭和29	・アメリカの水爆実験により第五福竜丸被爆 ・自衛隊発足（防衛庁設置法案、自衛隊法案施行）	
一九五六	昭和31		木綿子の家が建つ
一九六〇	昭和35	・ベトナム戦争開戦	

一九六二	昭和37	・5月、東洋水産から「マルちゃん ハイラーメン」静岡県限定で販売開始	
一九六四	昭和39	・10月10日、東京オリンピック開幕	5月、木綿子と和也さんが出会う
一九七二	昭和47	・沖縄の施政権返還。日本本土復帰実現。沖縄県発足 ・日中国交正常化成立	
一九七五	昭和50	・ベトナム戦争終結	
一九九五	平成7	・1月17日、阪神淡路大震災	
二〇〇三	平成15	・3月、イラク戦争開戦 ・12月自衛隊イラク派遣	4月7日、和也さん生まれる
二〇一一	平成23	・3月11日、東日本大震災。福島第一原子力発電所事故	
二〇一三	平成25	・12月、特定秘密保護法案成立（2014年施行）	
二〇一五	平成27	・安全保障関連法案（安保法案）成立	
二〇三〇			和也さん　時の流れに落ちる

「木綿子《ゆうこ》さんへの手紙……隅《すみ》からの声」

落合恵子《おちあいけいこ》

木綿子さん、元気でいてください。

共感し敬愛《けいあい》する誰《だれ》かを思うとき、いつも心に浮《う》かぶのは、恥《は》ずかしいほど単純《たんじゅん》な、こんなメッセージです。祈《いの》るような気持ちで「元気でいてください」。

この感覚は年を重ねるほどに、なぜか強く深くなります。思想や姿勢《しせい》を分かち合う大好きなひとたちを、残念なことにすでに何人も見送ってきたからかもしれません。

年を重ねるほどに、といま書きましたが、年をどんなに重ねても、ひとは子ども時代の自分を心の隅《すみ》に住まわせているものですね。普段《ふだん》は指定した場所に、だいたいはしゃがみこんでいるのですが、何かの拍子《ひょうし》に目を覚まし、「わたしは、ここに、いるよ」と声をあげるのです。

木綿子さんという存在《そんざい》を通して、わたしの中の子どもが何度も「ここに、いるよ」と時に小声で、時には叫《さけ》ぶように声をあげています。

＊

草いきれの午後の中、身の丈《たけ》ほどの夏草を尖《とが》った肩《かた》で掻《か》き分けながら荒《あら》い息を吐《は》いて走っていた五歳《さい》のわたし。なぜあんなに急いでいたのでしょうか。まるで時間を追《お》い越《こ》そうとでもいうように、子どもは走っていました。麦わら帽子《ぼうし》の顎《あご》の下にかけたゴム紐《ひも》が汗《あせ》でこすれて、痛《いた》がゆかったあの感触《かんしょく》はいま夏が来るたびに思い出します。多肉質《たにくしつ》の小さな葉をつけたスベリヒユの冷たい茎《くき》や、しゃもじ形の葉っぱの手触りも。

当時、母とふたりで暮《く》らしていた東京東中野《ひがしなかの》のアパートの前は、わたしたち子どもが原っぱと呼《よ》ぶ焼《や》け跡《あと》でした。梅雨《つゆ》があがると、原っぱにはスベリヒユが這《は》うように広がっていました。

生まれてはじめて自分のお小遣《こづか》いで母の日のプレゼントを買ったのは、七歳の五月。毛糸やボタンなどを売っている小さな雑貨屋《ざっかや》さん。棚《たな》の隅《すみ》で、葡萄《ぶどう》を象《かたど》ったブローチを見つけました。ソフトクリームを十回ぐらい食べられる値段《ねだん》でした。

銀色（といっても錆《さ》びかけた）の台に紫色《むらさきいろ》の光る石がひとつだけ入ったもので、子どものわたしにはとても素敵《すてき》に思えました。が、母に手渡《てわた》したその日。「見せて、見せて」と、祖母《そぼ》や叔母《おば》たちの手から手に渡《わた》る間に、留《と》め金《がね》のところがとれてしまって……。泣きたくなったことも覚えています。

あの頃《ころ》、町には白い筒袖《つつそで》の着物を着て、ハーモニカを吹《ふ》いたりしていたおじさんたちがいました。木綿子《ゆうこ》さんと同じように大人から「傷《しょう》い軍人」だよと教えられました。「尋《たず》ね人の時間です」から始まるラジオ番組も覚えています。

木綿子さん。あなたの周囲ではいまでも「アカ」という言葉が生きていますか？

ひとはなぜ、自分の眼鏡《めがね》を通してしか他者を見ることはできないのでしょうか。自分の眼鏡もまた自分のものでありながら、社会の常識《じょうしき》や多数派《たすうは》の価値観《かちかん》で「度数」が決まってしまうのですよね。

＊

あの川の岸辺であなたが出会った「時をつかまえたいんだ」と言う和也《かずや》さん。

母の日、行き場をなくしたカーネーションを牛乳瓶《ぎゅうにゅうびん》（パックではなく、あの頃、牛乳は瓶に入ったものでしたね）に入れて、飾《かざ》ってくれた「未来から来たひと」。がしがしと頭を掻《か》く癖《くせ》があった、『時の流れに運ばれて』きたひと。二〇三〇年からやって来て、周囲からなぜか浮《う》いてしまって置き去りにされたようなあなたの孤立感《こりつかん》や揺《ゆ》らぎや、納得《なっとく》のいかなさをすっぽり受け止めてくれた、あのひと。たぶん決して話し上手でもなかった和也さんがつぶやいた言葉の中で、わたしにとって最も印象的だったのは次の言葉です。

「君に責任《せきにん》はないよ、まだ」

……父さんは人を殺した。そう知っても、木綿子《ゆうこ》は父さんが戦争そのものの責任者とは思えない。父さんは、始まってしまった戦争に行っただけなのだ。だって、時代が戦争中だったのだから。ほかにはどうしようも……なかった……？

誰《だれ》にも、母にもふたりの姉にも教師《きょうし》にも過不足《かふそく》なく語ることのできなかったあなたの言葉に静かに耳を傾《かたむ》けたあとで、彼《かれ》はそう言ったのですね。

「君に責任はないよ、まだ」

そうして、泣《な》き腫《は》らしたあなたのまぶたに当てる「ふたつに折ったら冷たくなる」白い袋《ふくろ》を手渡《てわた》してくれたのですね。

「君に責任はないよ、まだ」

この言葉を耳にした時、木綿子《ゆうこ》さんは「気が楽になったような、肩《かた》がずっしりと重くなったような、妙《みよう》な気持ち」になったのですね。「君に責任はないよ」という言葉だけを受け取ったなら、通常《つうじよう》は「気が楽に」なるでしょう。その後に続く「肩がずっしりと重くなった」のは、「まだ」という言葉が連れてきた感覚であったのだと思います。

本の最後で、二〇〇三年の木綿子さんに出会うことができました。あの頃《ころ》、わたしは母を自宅《じたく》で介《かい》護《ご》していました。認知症《にんちしよう》の母を置いて、抗議《こうぎ》集会にもデモにも思うように参加することができず、苛立《いらだ》っていた頃のことでもありました。

イラクにも大勢《おおぜい》の老いた母や父がいる。わたしは、いまここにいる母の「いのち」と向かい合うことが、母を通して、ほかのたくさんのいのちと向かい合うことにもなるはず、と言《い》い訳《わけ》めいた言葉に必死にすがりついていた頃のことでもあります。

そうして、二〇一六年。東京電力福島第一原発の過酷《かこく》事故《じこ》から五年が過《す》ぎ(何一つ収束《しゆうそく》しないいま)、新しい戦前が見え隠《かく》れする日々が続いてます。憲法《けんぽう》は崖《がけ》っぷちに立たされています。

「わたしには充分《じゆうぶん》な責任《せきにん》がある、もう」。

そんな年代を、木綿子さん、わたしたちは確《たし》かに生きています。

「ただ仕方なく流されていく砂粒《すなつぶ》にはなりたくない」とわたしも考えます。「未来は、人の力でいい方向に変えることだって、きっとできる」とわたしも信じます。

ひとは言葉で嘘《うそ》をつくが、沈黙《ちんもく》で嘘をつくこともある、と言った女性《じょせい》詩人がいました。

木綿子《ゆうこ》さんへのこの手紙は、もしかしたら、わたし自身へのそれかもしれない……。ふと思いはじめているわたしがここにいます。

（作家）

二〇〇三年の秋、日本政府が自衛隊のイラク派遣を決めた直後に、日本児童文学者協会は、「新しい戦争児童文学」委員会を発足させました。委員会では、作品の募集や合評研究会などを重ね、それらは短編アンソロジー〈おはなしのピースウォーク〉全六巻（二〇〇六〜二〇〇八）として結実しました。その後、「新しい〈長編〉戦争児童文学」の募集を開始し、やはり合評を重ねこのたび完成したのが長編作品による〈文学のピースウォーク〉（全六巻）です。

委員会の中心であった古田足日氏（二〇一四年逝去）は〈おはなしのピースウォーク〉所収の「はじめの発言」で次のように書いています。

――この本がきみたちの疑問を引き出し、疑問に答えるきっかけとなり、戦争のことを考える材料となれば、実にうれしい。

再び、この思いをこめて、〈文学のピースウォーク〉を刊行します。

＊尚、本作は「新しい〈長編〉戦争児童文学」第二回作品募集の応募作です。

「新しい戦争児童文学委員会」

奥山恵　きどのりこ　木村研

西山利佳　はたちよしこ

濱野京子　みおちづる

中村真里子（なかむら　まりこ）
1955年静岡県生まれ。単行本に『三日間の幽霊』（文溪堂）、アンソロジーに『幽霊がまつ体育館』(偕成社)など。日本児童文学者協会会員。

今日マチ子（きょう　まちこ）
マンガ家。東京芸術大学美術学部卒業。おもな作品に『センネン画報』(太田出版)、『みかこさん』(講談社)など。戦争をテーマにした作品に『cocoon』『アノネ』『ぱらいそ』(以上、秋田書店)、『いちご戦争』(河出書房新社)がある。

落合恵子（おちあい　けいこ）
1945年栃木県生まれ。明治大学卒業後文化放送に入社。アナウンサーを経て、作家生活に入る。子どもの本の専門店「クレヨンハウス」・女性の本の専門店「ミズ・クレヨンハウス」主宰。『質問 老いることはいやですか？』（朝日新聞出版）他著書多数。

金色《きんいろ》の流《なが》れの中《なか》で　文学《ぶんがく》のピースウォーク

2016年6月25日　初　版

作　者　中村真里子
画　家　今日マチ子
発行者　田所　稔

郵便番号　151-0051　東京都渋谷区千駄ヶ谷4-25-6
発行所　株式会社　新日本出版社
電話　03（3423）8402（営業）
03（3423）9323（編集）
info@shinnihon-net.co.jp
www.shinnihon-net.co.jp
振替番号　00130-0-13681
印刷　光陽メディア　　製本　小高製本

落丁・乱丁がありましたらおとりかえいたします。

ISBN978-4-406-06034-9　C8393　Printed in Japan